現代應用文與論文寫作綱要

黃連忠 撰

萬卷樓圖書股份有限公司 印行

自序

十年來，因爲筆者在各大學教授「應用文」課程的緣故，一邊教書，一邊學習，涉獵了二十餘本的應用文教材，尤其這幾年常會收到新出版或舊書改版的相關教本，贈送給筆者，奉讀拜覽之餘，收獲頗多。

然而，隨著時代的快速變遷，二十一世紀初期數位網路時代的來臨，許多過去人與人之間溝通往來的應用文書，漸漸的被電子郵件、手機簡訊、三G視訊或線上即時通取代了。因此，在大學殿堂的教室中，同學們在上「應用文」課程時，那種無奈與煩躁的表情，讓忝爲師長的筆者，頗爲心疼與同情。然而，由於近幾年來台灣經濟嚴重不景氣，失業率不斷攀升，大學畢業生爲了謀職，備嘗艱辛，反而對「應用文」課程中的「履歷表」、「自傳」與「簡報」等篇章感到濃厚的興趣。因此，筆者這兩年來心中動念，準備編寫一本精簡又切合實用的應用文教材，於是今年六月開始動手，因此改寫並增添了一些新的題材，希望貼近現代生活的實用文書，從過去的格套中逐漸走向創新變通的「現代應用文」。這本書成立的動機與過程，大抵如此。

坊間應用文教材大部份都編寫得很好，爲什麼還需要筆者重新編寫這本書呢？其實考量四項要點：其一，一般大學生與其抱著一本厚重的應用文無法細讀，不如精簡實用更爲便利；其二，經濟不景氣，不忍學生沈重的經濟負擔，因此本書力求簡要；其三，筆者編寫書本不是追求利潤，只是爲了方便教書與同學上課而已；其四，透過精簡的應用文教材，不僅教師上課容易教授，同學們的學習也容易產生興趣，可以快速的把握重點。基於以上要素考量，完成了本書的編撰工作。

這本書還有一項重要的特色，那就是將「論文寫作綱要」與「現代應用文」合編在一起，這個著眼點是基於「論文寫作」其實也是應用文書的一環，因爲除了書信、公文等傳統範圍的應用文書之外，論文寫作的格式與思考論證問題的方法，卻可以提供應用文書創作的深層啓發。換句話說，論文寫作應該是屬於現代應用文的討論範疇，將來也可能被各大學中文系或通識課程開課時統整在一起，達到互補充足與互相彰明的情境。本書只是一個嘗試，也希望藉應用文課程補充一些論文寫作的方法與格式，協助同學們建立學術的思維與創造優美又具深度的實用文書。

由於時代的變換速度太快，科技文明與社會經濟活動主導著當代人類的思維與生活，許多已經不合時宜的應用文篇章或內容，似乎已經到了必須全面檢討的關鍵時刻點，許多陳舊而根本不再需要的格式，應該汲取其文化的精神，注入新血；許多嶄新的題材，應該積極研擬對策，將優美的文化傳承精神加入現代應用文的行列，這應該是吾人共同的任務與努力目標。

這本書雖然號稱「精簡」，內容也未必符合每位老師或同學的口味，再加上利用暑假將近兩個月的時間匆促成書，錯謬或不當之處，必然不少，期望各方學者專家或上課閱讀的同學，給筆者指正的意見，筆者都將誠心的聆聽，並加以校改。或許將來，筆者在這本書的基礎上，能夠有機會編寫出一本更爲完善的教材，回饋與感恩諸多師長同學的指教。

黃連忠謹序於二〇〇六年八月廿三日台北新店雲半樓

現代應用文與論文寫作綱要

目錄

【現代應用文篇】

【學術論文寫作綱要篇】

現代應用文與論文寫作綱要

第一課　現代應用文的意義與特質

一、學習現代應用文的意義

身處二十一世紀高度數位化發展的人類，在電子通訊、數位傳播與快速交通的工商社會中，頻繁密切的資訊交流與複雜錯綜的人際網絡，尤其須要一套適應現代社會的應用文知識與運用，不僅符合人與人之間的基本禮節，也可以促進人際網絡的拓展，推動各項工作的進行，在日常生活中建構與人溝通良好的橋樑。換句話說，現代應用文不僅不會因爲時代的進步而失去其重要性，相對的卻能提供更好的協助，幫助吾人解決生活中的疑難問題，透過適宜的表達與溝通模式，創造美好和諧的人生。

現代應用文是繼承中國古代的應用文，然後經過發展與變革而形成的。時至今日，對古代應用文進行研究整理與探討，繼承與發揚中華文化優良的學術傳統，現代應用文的創新建設和研究發展，是具有重要的時代意義。在中國古代的文化史中，應用文的發展源遠流長，從夏商周上古三代開始萌芽，成長於春秋戰國時期，後來到漢代與魏晉南北朝，再經各種應用文理論上的整理、研究與總結，進入唐宋的成熟繁盛時期，後來漸衰於元、中興於明而歸結於清。民國肇建以來，已歷百年的歷史流轉，許多古代的應用文類與其文體術語格式，逐漸爲現代人所廢棄不用，故本書在某些地方的編撰上，去蕪存菁，結合「現代應用」的標準，以爲學習「現代應用文」具備以下四項的意義：

第一，學習現代應用文的格式與使用方法，可以協助吾人解決生活中與人溝通的各種問題，透過合理與規範的模式，達成和諧雙贏的目標。

第二，學習現代應用文各類的文體，可以具備生活在現代的各項基本知識。例如公文的處理，可以解決行政上的困難；契約的訂定，可以保障自我的權益等。

第三，廣義的「現代應用文」意義，不僅包含著所有「個人與個人之間」、「個人與團體之間」、「團體與團體之間」三大範疇溝通的紙本書面文件，也包含著非紙本的電子郵件、手機簡訊與數位影音檔案等。狹義的「現代應用文」意義，則是以紙本文件爲主，現代的電子文件爲輔。換句話說，現代應用文則是處理公私文書或各類格式的一種應用文類形式。

第四，目前人類科技日新月異，進步神速，吾人不應拘泥古代傳統格式，應配合現代工商科技社會與各項生活需求，隨時因應發展創新的當代應用文模式。換句話說，現代應用文仍在積極發展中，保持著開放擴充的精神與模式，也須要不斷的修訂與調整，以期達成和諧溝通的目標。

二、現代應用文的特質

現代應用文是人們從事職業工作與社會活動中，處理行政事務，傳遞各種資訊裡經常運用並具有一定格式規範的文體（文類）總稱。應用文文體美感的本質，在於其合理性與規律性的統一，從現代流通的應用文而言，雖然對其分類屬性仍有許多的爭論，但是大致上可以分爲兩大類：第一類，屬於訊息傳達的類別，例如書信、電子郵件、廣告、啓事、履歷表與自傳等文書；第二類，屬於管理應用的類別，例如公文、報告、計畫、簡報、契約與法律文書等。其中，對於現代應用文的分類，往往是採取開放包容的態度，例如傳統格式的書信，演變至今日電子郵件與手機簡訊；昔日的紙本直書公文，轉變爲現今橫式的電子公文，時代變動的速度太快，相對應的就是反應現代應用文的四項特質：

第一，現代應用文是「因人因事」而成文，因爲要處理某件事，所以具備「行文目標明確」與「針對性」強的特性。

第二，現代應用文具有廣泛的規範性、實用性與限時性，例如政府明文規定的「公文程式條例」，即是處理公文的依據；契約與規章的訂定必須遵守政府法律的前提下，針對某一特定事物而加以規範或制定；履歷表的製作與傳達，必須把握時效，才能完成溝通傳達的目標。

第三，現代應用文具備精確性與直接表述的模式，不同於文學作品隱誨不明的暗喻手法，對於事件的描述，必須採取簡明扼要而精確的敘述，因此使用平實淺近的語言，更能彰顯現代應用文的特質。

第四，現代應用文透過快速而普及大眾的傳播媒介，可以將限時限地的局限打破，將效益與目標的理想達到極致。例如透過電子郵件的傳播，可以將電子公文或書信及時的傳遞；透過新聞及廣告的媒體播放，可以迅速又無遠弗屆地傳達訊息。

時值二十一世紀的數位網路時代，現代應用文仍在爆炸性的發展中，吾人學習應用文應掌握這項特質，體察時代的脈動，與時並進，創造更爲美好的將來！

第二課　電子郵件的傳送與網路溝通的禮節

一、電子郵件傳送的禮節與要領

由於數位時代網際網路的高度發展，生活中各種應用的資訊快速的傳遞，根本上改變了人與人之間的交流模式。其中，電子郵件的傳送是各類現代應用文中最爲廣泛使用的一種，它符合四種特徵：其一，最快速的時空傳達；其二，最便捷的使用方式；其三，最簡易的傳送訊息模式；其四，最低成本的傳送形式。同時，電子郵件可以夾帶電腦檔案，包含了書信、公文、圖片、影音動畫……等，並有結合M.S.N.等即時通訊的功能，以同時而雙向溝通的模式進行最直接的溝通。正因爲如此，傳送電子郵件的基本禮節與傳送要領就相對的顯示其重要性。

首先說明傳送電子郵件的基本禮節，本書介紹的基本禮節，並非是針對至親好友的使用對象，因爲所謂的「至親好友」，由於彼此的熟識與默契，是無需特別注意禮貌的尊重，只要彼此能夠達成共識，而且不會產生誤解的前提下，並不須要遵守特定的格式。但是，値得注意的是即使彼此爲「至親好友」，行文措辭也要體諒對方的感受與基本的尊重，特別是在人際關係複雜而脆弱的現代社會，人我關係的衡量評估認定，有時是很難精確掌握的，特別是在「一言不合」或「一句無心玩笑話」中破壞了多年的情誼，可謂不得不慎。因此，注重電子郵件的基本禮節，這是成爲一位「富而好禮」的現代人必備的常識與修養。究竟那些電子郵件的基本禮節必須注意呢？本書提出九項基本原則，以供讀者參考：

第一，**設身處地為收件者設想可能的理解情況**。例如筆者在大學任教多年，每一學期或每一學年都會教到數百名的同學，時常收到類似以下訊息的電子郵件：「老師：明天我家裡有事，不能去上課，很抱歉！」往往是一封沒有署名的來信，筆者只好回信請教其大名，往往幾天後才回信說明自己是那一班的同學，造成一些誤解或不明的狀況。因此，首先向第一次收信人，應表明自己的基本身分，接著才簡要的說明事由。

第二，**正確合宜的稱呼收件者**。當我們第一次與某人或公私立團體聯絡的時候，必須以適合而正確的名稱稱呼對方，若以現代通行簡易的稱呼而言，共有五種情況：

㈠如果是第一次寫電子郵件給某位姓黃的老師，應該開頭寫著：「黃老師您好：（冒號是必須的）」。

㈡如果是寫信給某位姓李的先生或女士時，應用：「李先生（李女士）您好：」。

㈢如果是寫信給某位公司或公私立機關團體的陳姓主任時，應稱呼其職銜：「陳主任您好：」。

㈣如果是因爲公務而寫信給某位名叫張明惠的先生或女士時，應用：「張明惠先生（或女士）您好：」

㈤如果是因爲一般事務必須以電子郵件聯繫，卻不知道對方姓名或承辦單位的管理者是誰，宜用「敬啓者：」做爲電子郵件內容的開頭，所謂「敬啓者」的「啓」字是「告訴與陳述的意思」，「敬啓者」是「我很恭敬地告訴您以下的事情」，這是一般的用法。

第三，**電子郵件的信件主旨必須簡明精確**。一封簡明精確的信件標題，可以提醒收件人在數百封夾雜著廣告信的信件堆中，迅速的掌握著正確的訊息。換句話說，使用簡單明確的主旨標題，可以精確迅捷地表達郵件中的重點。

第四，**正確合宜的署名是重要的**。電子郵件寫到最後，可以參考「書信」的格式中「自稱、署名、末啓詞」等模式，如果是寫給某位老師的結尾應是：「學生　○○○　敬上」。

第五，**留下方便聯絡的電話等資訊**。如果事出緊急，必須立刻取得回應，可以留下個人手機或其他聯絡方式。或者是使用電子郵件簽名格式或電子名片提供完整的聯絡資訊，包括個人電話號碼和公司名稱地址等。

第六，**注意回答問題的禮貌與正確而細心的回應**。如果在一般正常情況下，吾人收到他人來信，回應時宜注意基本禮貌，假設對方詢問兩種狀況以上時，更不宜用太過簡略的回答，例如某位老師詢問某位同學爲何沒有來上課，以及作業是否決定補交時，如果直接回信是：「生病了，會交！」就顯得十分失禮，應用以下字句回覆：（以下內容也可以略爲刪減增添）

敬愛的○○老師您好：

學生因為重感冒而今日上午無法到校上課，對於老師感到抱歉，學生會依學校規定請假。同時，今天未能準時繳交作業，也懇請老師能讓學生明日補交作業，感謝老師的關懷。恭請

誨安

學生　○○○　敬上

第七，**如果是使用英文，切忌全文使用英文大寫字母**。因爲這樣寫成的郵件給人的感覺是太過強勢，甚至暗示寄件人根本懶得使用正確的文法。

第八，**儘可能不要大量轉寄網路郵件**。在電子信箱中常見一些與個人無關的朋友轉寄信，如果內容與收件人有關，自然無妨，但如果是無關緊要的資訊，就儘量不要轉寄爲好，特別是不要轉信給學校師長等長輩。

第九，**儘可能不要使用電子郵件寄送機密或私密檔案**。由於網路上盜用他人信箱的情況時有所聞，因此屬於機密性質的文件或是個人私密檔案，就不宜用電子信箱寄送了。

二、網路溝通的禮節

數位時代的網際網路，已經澈底的改變當今社會人際關係的溝通模式。因此，良好的網路溝通與基本禮節的注重，也是現代應用文必須關注的一個層面，以下提出十項要領，以供參酌：

第一，不可使用網際網路電子郵件或即時通訊做出傷害他人的事情，如散播未經法律判定的流言等。

第二，不可使用網際網路電子郵件或即時通訊做出詐騙錢財等違背法律的事情。

第三，不可使用網際網路電子郵件或即時通訊做出欺騙感情或恐嚇他人等違背道德的事情。

第四，不可使用網際網路電子郵件或即時通訊傳送病毒檔案或干擾他人電腦運作的事情。

第五，不可侵入他人電腦而竊取或偷看他人檔案資料等。

第六，不可使用網際網路電子郵件或即時通訊發出匿名黑函以攻擊毀謗他人的名譽。

第七，尊重智慧財產權，不應用網路下載而轉賣販售未經合法授權的檔案軟體。

第八，在任何時候，使用網際網路電子郵件或即時通訊都必須尊重與體諒他人的立場。

第九，在發送任何郵件前，應思考可能傳播的範圍與對方閱讀的感受。

第十，儘量不要使用可能引起收件者誤會的字眼或字句，避免不必要的困擾。

【作業】

一、請寫一封非常簡要的電子郵件，寄給授課「應用文」的老師，以一百字以內的文字說明自己的姓名與相關基本資訊。（**必須包含系級、學號與問候語等內容**）

第三課　履歷表製作與自傳寫作

一、履歷表製作的要領與方法

「履歷表」是現代大學畢業生最常用到的一種應用文書，雖然多半是以表格的方式呈現，但其內容往往比傳統的書信顯得更為重要。然而，履歷表的製作卻時常為大學畢業生所忽略，若不是直接在網路銀行線上登錄履歷表，就是利用書局販售的簡易表格簡單填寫，這些都不能呈現個人的特質與風格，更無法突顯個人的實力與細心，因此本書提出另一套製作的程序，介紹製作的要領與方法，共有十項要點：

第一，**注重紙張的品質**。履歷表是大學畢業生求職時與企業團體的第一次接觸，往往也是給對方第一次印象而成為決定勝負的重要關鍵。雖然號稱以「理性」做為現代人類的特徵，但是生活中絕大多數仍是以「感性」才是真實的感受與體驗。因此，選擇較為厚實、光滑的純白雪銅紙（或特銅紙），以影印店中數位輸出檔案的模式列印出來，再經過滾上膠膜的方式，增加其光亮的程度，這是較為理想的模式。但如果是以相片壓上護貝的方式就不適合了，因為會顯示太過厚重而邊緣銳利容易割傷人的缺點。

第二，**自己設計完整簡潔的WORD表格**。一份精彩合格的履歷表應該呈現簡潔而完整的特質，才能讓企業主管或閱讀者在最短的時間內對求職者獲得初步而清晰的認識。因此，大學畢業生應運用目前最為普遍使用的WORD檔案格式，以一張A4紙張尺寸為限，設計出符合求職項目的履歷表。

第三，**個人資料欄必須詳盡才具備競爭優勢**。個人基本資料欄中的個人資料，往往有些人都會認為「沒有必要」而刻意忽略，或是認爲「不重要」，或是在意自己的「身高體重」而故意省略，這些都是個人的選擇自由。但是，由於經濟不景氣工作不好找或是競爭者甚多時，過於簡略的個人基本資料欄，就會失去競爭的優勢，或是給人過於懶散或不信任對方的感受。因此，個人資料欄內的資料，本書分爲三級，以第三級最具優勢，至於選取那些資料放在履歷表中，那就是個人的評估與選擇了。

第一級：①姓名、②出生日期、③性別、④婚姻狀況、⑤聯絡（或手機）電話、⑥通訊地址、⑦電子郵件、⑧兵役（男）
第二級：（第一級）＋⑨英文名字、⑩出生地、⑪籍貫、⑫身分證字號、⑬身高、⑭體重、⑮血型、⑯年齡
第三級：（第二級）＋⑰身心狀況、⑱興趣嗜好、⑲個人專長、⑳個性、㉑星座、㉒戶籍地址（非永久地址）

第四，**選擇一張「容光煥發」的相片**。個人相片在履歷表上佔有十分重要的地位，往往一份沒有相片的履歷表在成堆的求職履歷資料中會在第一輪就被淘汰，那是因爲絕大多數的求職者都會貼上相片，若不貼相片則會顯示其不夠慎重或過於草率。相對的，貼上一張較爲正式而脫帽的大頭照比較適合，看起來要給人容光煥發、精神飽滿與樂觀進取的感覺，凡是生活照或是沙龍照都不適合。

第五，**教育學歷程度是由高排列至低（由近而遠）的方式**。教育學歷程度是讓企業主管瞭解個人學歷背景與專長科系的管道，藉以判斷求職者與應徵工作的關聯性，所以至爲重要。因此，應以表列的方式，載明學校的正式名稱（勿過度簡寫）、學制（例如大學、四技、二技）、科系名稱（宜用全稱）、就讀起迄年月時限等資料。

第六，**應該詳細填寫就學時班級幹部或社團服務的經歷**。班級或社團幹部的服務經歷，可以呈現求職者的合群性格、領導能力與人際關係等要特質，因此至爲重要，必須由近而遠的詳細填寫。

第七，**應該詳細填寫求學前後階段的工作或工讀經歷**。學生在學或畢業時的工作經歷，可以強調個人在某些方面的經驗或實力，特別是卑微的工讀經驗可以呈現吃苦耐勞的個人特質，所以應詳細載明服務單位、職務名稱、工作期間等資料，必要時可以註明待遇金額。

第八，**應該詳細填寫專業訓練與專長證照**。由於現代工商業社會進步神速，同樣是大學畢業生已難以鑑別能力與實力的高低，況且在學校中所學的學術專業，漸漸不足以應付工作職場上所必須具備的專業能力。因此，強調參加校內外的專業訓練課程，或是通過取得的專業證照，特別是與應徵工作相關的部份，將會受到特別的重視，以及進一步聘用的肯定。因此，若是曾經受過的專業訓練，應明列主辦單位、受訓的科目名稱、時間與地點等基本資料。若是專業證照的登錄，必須詳細的載明證照的名稱、編號（或字號）與生效的日期等資訊，在此登錄的資料完全正確無誤，不得有僞造或誇大的情事。

第九，**精確填寫語文能力、應徵工作項目與希望待遇等資訊**。現代社會求職，往往因爲工作性質的需求，在外語能力方面特別注重，若是本身已經具備某些語文方面的訓練，更要充份的表達出來，在今日國際化的商業模式中，外語能力與本國華語能力都是十分重要的基本素養。在台灣使用台語或客語的溝通也是十分普遍的現象，也可以加以說明。至於應徵工作的項目，應該清楚的載明，但最好避免「一般行政」的泛稱。此外，「希望待遇」一般是尊重企業的制度，除了「依公司規定」的標準答案外，也可以衡量自己的實力與條件，在明白「行情」的情況下，寫下自己心目中的理想待遇。

第十，**注意整體排版的和諧與美感**。自己親手製作並設計排版的履歷表，往往也最能突顯個人的風格與特質，展現自己的專業訓練與證照實力。因此，良好和諧的排版就顯得非常重要了。

二、自傳的寫作要領與分段原則

自傳的寫作是現代應用文中最爲常見的文體之一，在日常生活中不論是在學的學生，或是已經畢業就業工作的上班族，通常或多或少都會被要求寫篇自傳，甚至是申請獎學金與求職必備的要件之一。因此，寫好一篇自傳，這是應用文最低的要求。然而，自傳的寫作要領一直存在著見仁見智的看法，莫衷一是，因此，本書提出「五段論」的分段標準，以茲參考：

自傳寫作大綱參考

第一段	第二段	第三段	第四段	第五段
成長背景	學習與工作經歷	讀書心得與榮譽	個人風格特質	生命感受與理想
①姓名。	①目前就讀學校科系年級。	①閱讀圖書的感想。	①個人專長與證照。	①目前生活的感想。
②出生年月日。	②曾經就讀學校科系年級。	②最喜歡的一本書。	②各種檢定的資格。	②目前就學的感受。
③出生地。	③就學中特殊經歷。	③某句話的啓發。	③生活興趣與嗜好。	③最感恩的師長。
④戶籍或通訊地址。	④就學時工讀經歷。	④我的人生座右銘。	④休閒活動的類別。	④生命深刻的感受。
⑤家庭背景與成員。	⑤學習過程的簡介。	⑤曾經涉獵的圖書。	⑤個人身心的特徵。	⑤自己的期許抱負。
⑥說明家庭現況。	⑥工作的經驗感受。	⑥在校成績的表現。	⑥生理健康的描述。	⑥人生的理想。
⑦生長環境的介紹。		⑦曾獲獎名稱性質。	⑦心靈意識的描寫。	⑦遠程的規劃。
⑧生長環境的影響。		⑧其他的榮譽紀錄。	⑧風格特質的評估。	⑧眼前努力的方向。

除此之外，仍須注意自傳寫作的六項原則：

第一，**字數限制的問題**。一段自傳寫作都會要求字數的限制，少則數百字，多則數千字以上，因此配合字數的限制，在自傳內容上應做基本的調整。

第二，**文章段落要分明**。所謂的「段落」，是同時指「分段」與「分段主題」的兩項要素。在每一段開頭應該空出兩格全形空格（□□），同時每一段應該有一個明確的主旨，甚至在每段開頭就表明此段的主旨，例如成長背景等。

第三，**文章內容要能把握重點而平實謙虛**。現代人多半沒有耐性讀完長篇大論的文章，何況是他人的自傳。自傳的基本性質是幫助他人在最短的時間內瞭解自己的管道，因此簡明扼要、平實客觀與謙虛敦厚的陳述是重要的要領，儘量避免誇大不實、冗長繁複的描寫。

第四，**避免涉及宗教或政治的評述**。宗教的信仰或是政治的偏好都是個人自由的選擇，但卻是最容易造成人際關係的隔閡或是紛爭的來源。因此，尊重他人的宗教信仰或是政治態度是一件重要的事，儘量避免在自傳中自我陳述而加以評論，回歸自傳素樸的本質。

第五，**注意讀者理解的角度**。自傳是寫給別人閱讀的自我介紹，所以要能從讀者的閱讀角度介紹自己，例如閱讀者是大學的教授而寫作自傳的目標是推薦甄試，因此自傳應多著墨描述在求學過程的心得、成績與榮譽；若是求職的自傳，應多描述自己工作或工讀的經歷，以及取得各種證照的過程與名稱等。

第六，**儘量以打字輸出代替手寫自傳**。現代人因爲大量使用電腦，所以手寫的美感漸漸喪失，同時也爲傳送電子郵件及日後修改的方便，儘量以打字並排版美觀輸出爲宜，同時標點符號應用全形而非半形。

本書編著者在大學任教「應用文」多年，曾編有「**批閱履歷表、自傳改進建議一覽表**」，可以參閱：

黃老師批閱履歷表改進建議一覽表

□應加上「履歷表」三字	□應加上身分證字號	□履歷表部分資料詳盡	□履歷表部分資料太少
□宜加上個人彩色相片	□宜加列戶籍地址	□履歷自傳框線太小	□履歷自傳框線太大
□相片欄不宜空白	□可加上出生地	□整體版面安排很好	□整體版面安排要改善
□相片宜貼上兩吋相片	□應加列連絡地址	□排版打字的字體過小	□排版打字的字體過大
□相片不宜兩吋剪成一吋	□應加列連絡電話號碼	□列印出來的品質很好	□列印出來的品質不良
□性別欄可以直接寫上	□宜加列行動電話號碼	□列印紙張選擇非常好	□列印紙張選擇不良
□宜加上電子郵件 E-mail	□應加列出生日期	□製作履歷自傳十分用心	□製作履歷自傳非常草率
□應加上應徵職別或單位	□宜加列實際年齡	□履歷表應用橫式製作	□履歷應用表格方式呈現
□應加列學歷〈目前肄業〉	□可加列身高體重血型	□履歷表的表格設計很好	□履歷表的表格設計不好
□應加上經歷〈重要的〉	□可加列專長或興趣	□履歷表的字體顏色很好	□履歷表的字體顏色不好
□目前學歷應寫「肄業」	□應加列身心健康情形	□請自行評估得失情況	□請找老師為你特別說明
□學歷應由近而遠	□應加列工作經驗	□證照取得的時間與字號	□應加列社團或班上幹部
□婚姻狀況直接寫「未婚」或「已婚」		□不要使用相片護貝的方式，可以採用上膜處理	
□履歷表表格內的所有數字應用半形而非全形		□標點符號全部應用全型例如「，」而非半型「,」	
●【應＝必須要】、【宜＝可以要也可以不要】、【可＝視情況自行決定】			

黃老師批閱自傳改進建議一覽表

□您的自傳文情並茂	□書寫文字清秀工整	□「自傳」標題一定要有	□自傳標題大小不適合
□自傳內文可以抒情化	□自傳內容沒有錯別字	□自傳內文太過呆板	□自傳內容錯別字太多
□自傳內容非常活潑親切	□紙張選擇很好	□自傳內容非常高傲自負	□紙張選擇不良
□列印出來的品質很好	□自傳內文與邊框剛好	□列印出來的品質不良	□自傳內文與邊框太近
□製作自傳十分用心	□整體版面安排很好	□製作自傳十分不用心	□整體版面安排要改善
□得獎內容簡單介紹即可	□標點符號使用正確	□對得獎內容要介紹清楚	□標點符號要使用正確
□排版打字的字體剛好	□排版打字的字體不佳	□排版打字的字體過小	□排版打字的字體過大
□排版的每一行行距剛好	□每段開頭必須空兩格	□排版的每一行行距太寬	□排版的每一行行距太窄
□排版字體顏色選擇很好	□每段開頭只須空兩格	□排版字體顏色選擇不好	□排版字體不要用粗體字
□自傳內容能把握重點	□自傳應該調整為一頁	□自傳內容要能把握重點	□自傳內容不知所云
□自傳內容字數非常適宜	□自傳內容字數太少	□自傳內容太過冗長	□自傳內容太過簡略
□應該加一些問候語才好	□問候語寫得很好	□要用新式標點符號	□自傳內容必須大幅修改
□邊框加的非常好	□加一個邊框會比較好	□敘述應講求口語及完整	□自傳內容不宜邀人去玩
□字體應統一為一個顏色	□自傳不要像寫信一般	□自傳內有用詞不當之處	□句子太長應斷句斷開
□您的自傳不知所云	□書寫文字太過潦草	□某些專有名詞不宜簡稱	□文字不能使用注音符號
□自己講的話不宜加底線	□自傳寫得很有深度	□健康狀況不必說太清楚	□身體特徵不必說太清楚
□自傳內容數字應用國字	□設有個人網站很好	□自傳內容沒有問題	□未按繳交規定製作
□自傳內容數字應用半形而非全形		□自傳內文標點符號應用全型「，」而非半型「,」	

第四課　傳統書信格式與現代書信寫作

一、書信的意義與種類

吾人身處現代社會，固然言語的面對面溝通是最直接有效的溝通方式之一，除此之外，以電子郵件、即時通、電話與網路攝影機的影音即時交談等溝通模式，也是很方便的交流管道。然而，許多事情可能不方便或是不便利以直接溝通模式進行時，書信的紙本傳遞，就成爲較爲含蓄及間接溝通的管道了。

書信不同於一般的文章或是其他的應用文書，其意義與特質有以下五點：

第一，**具有一定的格式**。不論是傳統的書信，或是現代的書信，都將遵守約定俗成的規範。

第二，**寫給特定的對象**。書信依對象的不同，給予不同的尊重與禮節。

第三，**具備相當的內容**。不論是聯絡情感、抒發議論、溝通意見或是陳情申訴等，都有相對應的內容。

第四，**具備紙本的形式**。書信以紙張書寫，即是以紙本記錄文字，可以成爲紀念或是存查的資料。

第五，**間接溝通的模式**。透過信件的傳遞，須要時間的流程，同時也是給予發、收信者之間緩衝的時間。

此外，關於書信的種類，一般可以概分爲四大類：

第一類：**以書信的形式劃分**：可以分爲：一、傳統書信；二、現代書信；三、明信片；四、郵簡。其中所謂的「郵簡」，是指直接印有郵票或印上「郵資已付」的簡易信封含有信紙的書信。

第二類：**以傳遞的方式劃分**：可以分爲平信、限時信、掛號信、限時掛號信、快遞、航空、傳真、托轉電子郵件等多種模式傳遞形式。

第三類，**以發信者與收信者的關係劃分**：可以分爲上行、平行與下行等三種：

上行文	㈠直系血親的長輩：如父母、祖父母與外祖父母等。 ㈡旁系血親與姻親的長輩：如伯叔父、姑母、姨母、舅父與岳父母等。 ㈢朋友的長輩：如父母親的朋友、朋友的父母親、世伯等。 ㈣身分或職業上的長輩：如師長、各級長官等。 ㈤年紀上的長輩：比自己年長二十歲的人。
平行文	㈠旁系血親的平輩：如兄弟姐妹、堂兄弟姊妹等。 ㈡姻親的平輩：如表兄弟姊妹、連襟（姊妹丈夫的互稱或合稱。）、妯娌（兄弟之妻的合稱）。 ㈢一般朋友的平輩：如朋友等。 ㈣身分或職業上的平輩：如同學、同事等。 ㈤年紀上的平輩：與自己年紀相差不大的朋友。
下行文	㈠直系血親的晚輩：如子女等。 ㈡旁系血親與姻親的晚輩：如侄子女、外甥、女婿等。 ㈢朋友的晚輩：如世侄等。 ㈣身分或職業上的晚輩：如接受學業的學生、部屬等。 ㈤年紀上的晚輩：比自己年輕二十歲的人。

第四類，以書信的內容主題劃分：可以分爲四種：第一種，應酬性的書信；第二種，聯絡性的書信；第三種，議論性的書信；第四種，實務性的書信。

二、傳統書信的格式與寫作方法

㈠直書中式信封

1.格式範例：

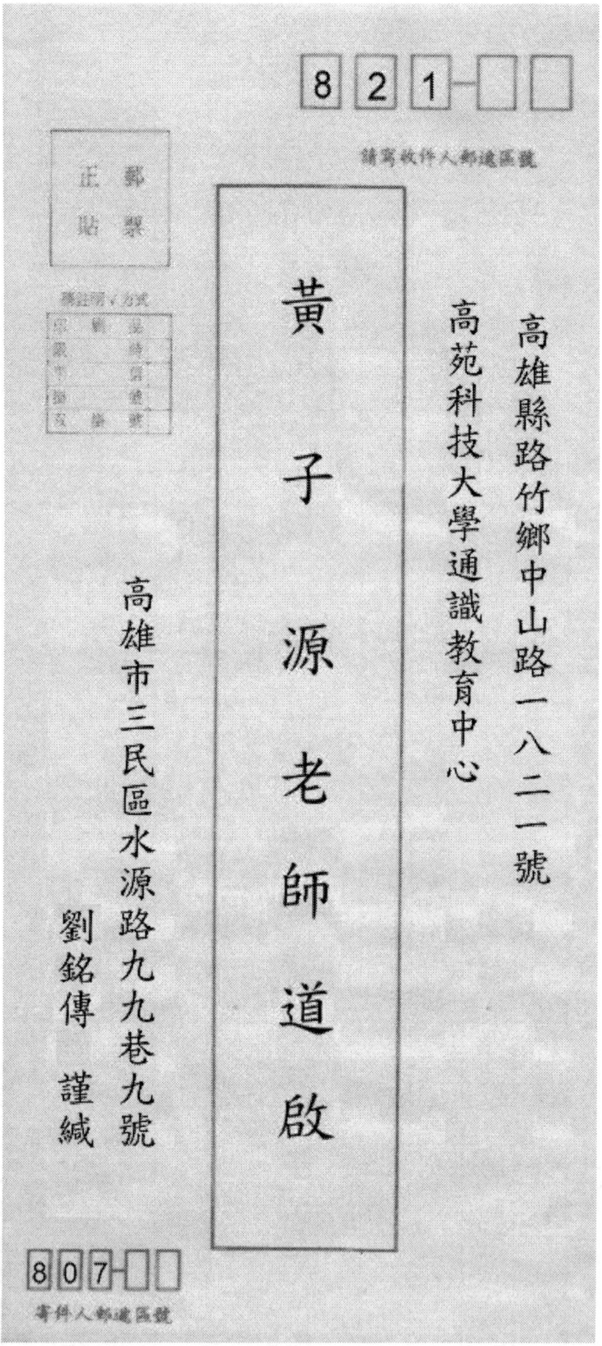

2.注意要點：

(1)一般信封中印有長方形紅色框，但寄給居喪人士則應用純白或將紅色框線塗黑或塗掉爲宜。

(2)長方形紅色框的框內爲「框內欄」，右方爲受信人地址爲「框右欄」，左方爲發信人爲「框左欄」。

(3)框內欄包含了【受信人姓名】（黃子源）、【稱呼】（老師）與【啓封詞】（道啟）等。

(4)框右欄包含了【受信人的郵遞區號】、【受信人地址】與【服務單位】等。

(5)框左欄包含了【發信人的郵遞區號】、【發信人地址】與【發信人姓名】（劉銘傳）與【緘封詞】（謹緘）。

(6)框內欄受信人姓名的姓氏爲全信最高位置，以示尊重。

(7)框右欄受信人的服務單位的第一個字爲全信第二高位置，約略比姓名低半格。

(8)框右欄受信人的收信地址的第一個字爲全信第三高位置，約略比服務單位低半格。

(9)框內欄中的文字是全信字體級數最大的部份，文字分配應合宜，字體宜工整。

(10)框右欄與框左欄的文字應略小於框內欄中的文字。

(11)框左欄中地址過長時，可以拆作兩行，但文字位置應分配合宜。

(12)框內欄受信人的稱呼，爲郵差或社會大眾對受信人的一般稱呼，可依其職業與身分稱呼受信人。

(13)框內欄儘量不要使用「側書」（偏右書寫而縮小字體）的方式，因爲容易造成錯誤或是不尊重受信人的情況。所謂「側書」，分爲「尊側」（敬側）與「謙側」兩種，「尊側」是有不敢直呼對方名字的意思，也是對受信人表示尊敬的作法之一，可用在依「姓、職稱、名字」之順序組合時，對其名字可以尊側，但職稱或一般稱呼則不可以尊側，以免誤會貶低其職位名稱。至於「謙側」，則字體略小而偏右，例如晚、舍、愚、後、拙、敝、生、學生、受業等，同時謙側不宜寫在每行的頂格，亦不可拆行書之。

3.正確與錯誤示範

○

○

○

X

X

X

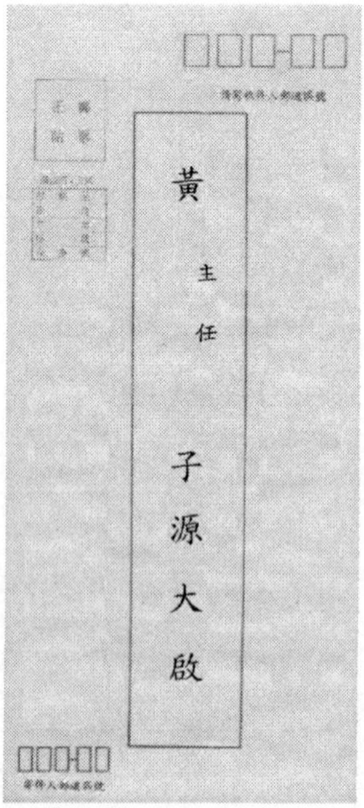

4.啓封詞的建議：

⑴道啓：對一般授課的老師、在校擔任教職的老師、佛教出家僧人用之。
⑵福啓：對親族的祖父母輩用之。
⑶安啓：對父母親或親族長輩用之。
⑷鈞啓：對自己的上級長官或政治首長用之。
⑸勛啓：對具有軍職或公職身分的長輩或平輩用之。（同「勳啟」）
⑹賜啓：對一般長輩用之。
⑺台啓：對一般平輩用之。
⑻大啓：對一般平輩用之。
⑼禮啓：對居喪人士用之。
⑽素啓：對居喪人士用之。
⑾親啓：希望受信人親自拆閱而不論其輩份。
⑿收啓：對一般晚輩用之。
⒀啓：對一般晚輩用之。

5.信紙的摺疊置入信封的方法。

⑴信紙應直向對折，將受信人稱謂與提稱語與信封上受信人姓名平行。
⑵再以直向對折的三分之一反折，上部佔三分之二，下部佔三分之一，然後置入信封之內。
⑶信紙不可反折而將文字置於內部，這是表示絕交或報喪之用。亦不可三折，有退回或絕交之意。

(二)信箋箋文的結構

箋文結構			
前文	(1)受信人名字稱謂	例如：子源吾師。	可以包含名字號、公職位、私關係與尊詞等四種關係。
	(2)提稱語	例如：壇席。	請求受信人察閱信箋箋文的意思。
	(3)開頭應酬語	例如：遙望□門牆，輒深馳慕。❶	敘述正事前的客套話。
	(4)啓事敬辭	例如：謹肅者。	敘述正事前的發語詞，表示恭敬地報告事情。
正文	(5)信箋正文	例如：略。	箋文的實際內容。
後文	(6)結尾應酬語	例如：寒暖不一，至祈□珍重。	配合正文或時序的客套問候語。
	(7)結尾敬語	例如：肅此敬達，恭請□誨安。	箋文結束時向受信人請安或表示禮貌。
	(8)自稱與署名	例如：受業銘傳。	自稱表示關係而定。
	(9)末啓詞	例如：謹上。	表示尊敬或禮貌的陳述以上的內容。
	(10)寫信日期	例如：十二月十日。	註明寫信的日期，可以加上年度或西元。
	(11)並候語	例如：師母前乞代叱名請安。	請受信人代爲向他人問候的意思。
	(12)附件語	例如：謹奉玉荷包六斤供師品嚐。	如有隨信的附件或禮物時的說明。
	(13)附候語	例如：致庸同學囑筆請安。	此爲發信人的朋友或家人向受信人問候的意思。

❶抬頭：表中「□」爲「抬頭」的意思，我國傳統的應用文書信格式中，爲了表現禮數尊卑，於是有「三抬」、「雙抬」、「單抬」、「平抬」、「挪抬」等五種抬頭格式。格式大致濫觴於秦漢，其後經歷各代至民國都普遍沿用。一般來說，「三抬」、「雙抬」，是在行文中提及受文者的父母或是祖父母，乃至當代的皇帝、政府朝廷時，都會比尋常各行高出三格（三抬）或兩格（雙抬）；「單抬」是指提及受文者及其尊長時高出尋常各行一格；「平抬」是指提及受文者及其相關人、事時另行頂格，與各行相平，謂之「平抬」；「挪抬」則只是留在原行，只挪空一格。現今多只用平抬與挪抬兩種，結尾敬語的末二字，應用平抬格式，其餘可用挪抬。

(三)稱謂表

1.家族稱謂表			
稱人	自稱	對他人稱	對他人自稱
祖父／母	孫／孫女	令祖父／母	家祖父／母
父／母親	兒／女	令尊／堂	家父／母
伯父／伯母	姪／姪女	令伯／伯母	家伯／伯母
兄／嫂	弟／妹	令兄／嫂	家兄／嫂
弟／弟婦	兄／姊	令弟／弟婦	舍弟／弟婦
姊／妹	弟妹兄姊	令姊／妹	家姊／妹
吾夫	妻	尊夫	外子
賢妻	夫	尊／嫂夫人	內子／人
吾兒／女	父／母	令郎／嫒	小兒／女
賢媳	愚	賢媳令媳	小媳
賢姪／姪女	愚伯／伯母	令姪／姪女	舍姪／姪女
君舅／姑	媳	令舅／姑	家舅／姑

2.親戚稱謂表			
稱人	自稱	對他人稱	對他人自稱
外祖父／母	外孫／女	令外祖父／母	家外祖父／母
姑丈／母	內姪／姪女	令姑丈／母	家姑丈／母
舅父／母	甥／甥女	令母舅／舅母	家母舅／舅母
姨丈／母	姨甥／甥女	令姨丈／母	家姨丈／母
岳父／母	子婿	令岳／岳母	家岳／岳母
姊丈	內弟／姨妹	令姊丈	家姊丈
妹丈	內兄／姨姊	令妹丈	舍妹丈
表兄／嫂	表弟／妹	令表兄／嫂	家表兄／嫂
表弟／弟婦	表兄／姊	令表弟／弟婦	舍表弟／弟婦
內兄／弟	妹／姊婿	令內兄／弟	敝內兄／弟
襟兄／弟	襟弟／兄	令襟兄／弟	敝襟兄／弟
賢甥／甥女	愚舅／舅母	令甥／甥女	舍甥／甥女
賢婿	愚岳／岳母	令婿	小婿

3.世交稱謂表			
稱 人	自 稱	稱對方	稱己方
老師／師母	受業	令業師	敝業師
世伯／伯母	世姪／姪女	令世伯／伯母	敝世伯／伯母
學兄／姊	學弟／妹	貴同學	敝同學
同學	小兄／愚姊	令高足	敝門人
世兄	愚	令世姪	敝世姪

說明：
(1)凡是長輩已經過世，原「家」字，應改爲「先」字。
(2)尊稱他人的父子爲「賢喬梓」，對人自稱爲「愚父子」。

(四)提稱語（知照敬辭）

對象	可用語彙
祖父母及父母	膝下、膝前
一般長輩	尊前、尊鑒、賜鑒、鈞鑒、崇鑒、侍右、尊右
直屬長官	鈞鑒
政治首長	鈞鑒、崇鑒、賜鑒、尊鑒
學校師長	函丈、道鑒、講座、尊前、壇席、道席、撰席、著席
一般平輩	台鑒、雅鑒、惠鑒、足下、閣下、大鑒、左右
同學	硯右、硯席、文几、文席、台鑒
一般晚輩	青鑒、青覽、如晤、如面、如握、知之、知悉、收覽
財經平輩	台鑒、大鑒、惠鑑
軍事首長	鈞鑒、鈞座、勛鑒、麾下
教育界	道鑒、文席、撰席
宗教界	道鑒、法鑒、壇席
婦女界	慧鑒、妝鑒、芳鑒、淑覽、淑鑒、懿鑒（對年長者用之）、儷鑒（對他人夫妻的敬稱）
弔唁	禮鑒、苫次（苫ㄕㄢ次：舊指居親喪的地方。）（唁ㄧㄢˋ，對遭遇非常變故的人進行慰問。）
哀啟	矜鑒（居喪者請人憐憫體察。）

(五)開頭應酬語

分類	對象	可用語彙
問候	祖父母及父母	(1)仰望□慈雲，倍切孺慕。(2)引瞻□慈暉，良深孺慕。(3)翹首□慈雲，倍切依依。(4)瞻企□慈雲，彌殷孺慕。(5)自違□慈訓，倏忽經旬。(6)叩別□尊顏，已逾數月。
	尊長或長輩	(1)揖別□尊顏，轉瞬三月。(2)不瞻□光霽，匝月於茲。(3)睽違□道範，荏苒數年。(4)仰企□光輝，時深傾慕。(5)遙仰□斗山，繫念殊殷。(6)引領□吉輝，倍切神往。
	受業師長	(1)不坐□春風，倏已匝月。(2)不親□講席，瞬已半年。(3)奉違□提訓，屈指月餘。(4)遙望□門牆，時深馳慕。(5)疏奉□教言，寒喧幾易。(6)路隔山川，神馳□絳帳。
	一般平輩	(1)睽違□丰采，數換春秋。(2)不奉□清談，倏忽數年。(3)相思之切，與日彌增。(4)每念□佳人，輒深神往。(5)自違□雅教，於茲經年。(6)神馳□左右，夢想為勞。
	商界	(1)久疏音訊，思念良殷，企盼□大展鴻圖，駿業日隆，至以為頌。
寄信	尊長	(1)謹上蕪緘，諒蒙□垂察。(2)前覆寸箋，恭呈□鈞鑒。
	平輩	(1)景仰已久，拜謁無從。(2)昨上一箋，恕邀□惠察。
	晚輩	(1)昨寄一書，諒已收覽。(2)前覆手書，想早收閱。
覆信	尊長	(1)頃承□手諭，敬悉種切。(2)頃奉□鈞誨，拜悉一切。
	平輩	(1)辱承□惠示，敬悉一切。(2)昨展□雲翰，拜讀一一。
	晚輩	(1)昨接來信，已悉一切。(2)昨收來信，足慰懸念。

(六)啓事敬詞

對象	可用語彙
對祖父母或父母	敬稟者、敬肅者、叩稟者、叩肅者、謹稟者、謹肅者
對師長或一般長官	謹啟者、謹肅者、敬啟者、敬肅者、茲肅者（回信時用：謹覆者、肅覆者、謹肅者）
對一般平輩或晚輩	敬啟者、茲啟者、逕啟者、謹啟者、啟者（回信時用：逕覆者、茲覆者、敬覆者）
對一般請託之事	敬懇者、敬托者、茲懇者、茲託者、茲有託者、茲有懇者
對祝賀對方的事	茲肅者、謹肅者、敬肅者
對於居喪的朋友	哀啟者、泣啟者
對補述的事情	再、又、再啟者、再陳者、又陳者、又啟者

(七)結尾應酬語

種類	對象	可用語彙
保重語	一般長輩	(1)寒暖不一，至祈□珍重。(2)乍暖還寒，尚乞□珍攝。(3)秋風多厲，至祈□保重。
	一般平輩	(1)春風料峭，尚乞□珍重。(2)暑熱逼人，諸祈□自攝。(3)秋風多厲，□珍重為佳。
	居喪者	(1)伏祈□節哀順變。(2)至祈□勉節哀思。(3)還乞□稍節哀思。
干聽語	一般通用	(1)冒昧上陳，實非得已。(2)冒瀆□清聽，不勝惶恐。
候覆語	一般長輩	(1)乞賜□覆示，不勝感禱。(2)如遇鴻便，乞賜□鈞覆。
候覆語	一般平輩	(1)幸賜□佳音，不勝感禱。(2)敬請　撥冗賜覆，不勝企盼。(3)佇盼□好音，幸即□裁答。

感謝語	一般通用	(1)寸心感激，沒齒不忘。(2)銘感肺腑，永矢不忘。(3)感念□隆情，非言可喻。
盼禱語	一般通用	(1)不勝企禱。(2)無任感禱。(3)至為盼禱。
請收語	一般通用	(1)伏乞□笑納。(2)乞賜□檢收。(3)至祈□台收。(4)敬請□哂納。（哂，音ㄕㄣˇ，微笑的意思。）
愧贈語	賀婚	(1)附上微儀，用佐卺筵。（卺ㄐㄧㄣˇ，古代婚禮的禮器。）(2)薄具菲儀，用申賀悃。（悃ㄎㄨㄣˇ，誠懇意。）
	祝壽	(1)敬祝菲儀，用祝□鶴齡。(2)謹具微儀，略表祝悃。
	贈物	(1)名產數包，聊申敬意。(2)謹具微儀，聊申敬意。
	送嫁	(1)附上微儀，藉申奩敬。(2)附上微儀，用申奩敬。（奩ㄌㄧㄢˊ，古代盛梳妝用品的器具。）
	喪禮	(1)敬具奠儀，藉申哀悃。(2)謹具奠儀，藉作楮敬。（楮ㄔㄨˇ敬，指向往生者祭拜的紙錢。）
求恕語	一般通用	(1)不情之請，尚祈□見諒。(2)區區下情，統祈□垂察。(3)瀆費清神，不安之至。（瀆ㄉㄨˊ）
請託語	推薦	(1)倘蒙□玉成，永鐫不忘。（鐫ㄐㄩㄢ，銘刻誌記）(2)倘蒙□汲引，感荷無既。
	關照	(1)倘蒙□照拂，永感厚誼。(2)倘承□青睞，永銘隆情。（青睞ㄌㄞˋ，謂對人喜愛或重視。）
	借貸	(1)如承□俯諾，實濟燃眉。(2)倘蒙□挹注，受惠實多。（挹ㄧˋ注，謂將彼器的液體傾注於此器。）
臨書語	一般長輩	(1)謹肅寸稟，不勝依依。(2)耑肅奉稟，不盡縷縷。
臨書語	一般平輩	(1)臨穎神馳，不盡所懷。(2)臨書馳切，益用依依。
請教語	一般長輩	(1)如蒙□鴻訓，幸何如之。(2)敬祈□指示，俾有遵循。
請教語	一般平輩	(1)乞賜□教言，以匡不逮。(2)幸賜□清誨，無任銘感。(3)幸賜□南針，俾覺迷路。
求允語	一般通用	(1)至祈□俞允。(2)乞賜□金諾。(3)務祈□概允。
恃愛語	一般通用	(1)辱在夙好，用敢直陳。(2)恃愛妄瀆，尚乞□曲諒。

(八)結尾敬語

1. 敬語

種類	對象	可用語彙
申悃語	一般長輩	(1)肅此敬達。(2)敬此。(3)謹此。
	一般平輩	(1)耑此奉達。(2)特此奉達。(3)耑此。(耑ㄓㄨㄢ此，書信末尾常用語，謂特為此事致書。)
	申謝用途	(1)肅此鳴謝。(2)肅此敬謝。(3)用展謝忱。
	申賀用途	(1)肅表賀忱。(2)用申賀悃。(3)敬申賀悃。
	弔唁用途	(1)恭陳唁意。(2)藉申哀悃。(3)藉表哀忱。
	申覆用途	(1)耑此敬覆。(2)耑此奉覆。(3)耑肅敬覆。
請鑒語	一般長輩	(1)伏乞□鑒察。(2)伏乞□崇鑒。(3)伏祈□垂鑒。(4)乞賜□垂察。
請鑒語	一般平輩	(1)敬祈□亮察。(2)諸維□惠察。(3)並祈垂照。

2. 問候語

問候對象	可用語彙
祖父母及父母	(1)敬請□福安。(2)恭請□金安。(3)叩請□福安。(4)敬叩□金安。
一般親友長輩	(1)恭請□崇安。(2)恭請□福安。(3)敬請□康安。(4)順請□福履。(5)順叩□崇祺。
學校師長	(1)恭請□誨安。(2)敬請□道安。(3)敬請□講安。(4)祗叩□教安。(祗ㄓ，敬的意思。)
一般親友平輩	(1)敬請□大安。(2)敬請□台安。(3)即請□道安。(4)順頌□台祺。(祺ㄑㄧˊ，幸福，吉祥。)
一般親友晚輩	(1)順問□近祺。(2)即頌□近佳。(3)順詢□近祉。(祉ㄓˇ，福氣的意思。)

商業界	(1)順請□財安。(2)敬請□籌安。
政治界	(1)敬請□鈞安。(2)恭請□勛安。
軍事界	(1)恭請□麾安。(2)敬請□戎安。
文化教育界	(1)即頌□文祺。(2)順請□撰安。(3)敬請□文安。(4)祗頌□道安。
旅行者(旅行社)	(1)敬請□旅安。(2)順請□客安。
夫妻	(1)敬請□儷安。(2)順請□雙安。
一般婦女	(1)敬頌□壼安。(女性長輩)(2)敬請□妝安。(女性平輩或晚輩)
賀人結婚	(1)恭賀□燕喜。(2)恭賀□大喜。
賀新年	(1)敬賀□年禧。(2)敬頌□新禧。
弔唁	(1)敬請□禮安。(2)並頌□素履。
問候病況	(1)敬請□痊安。(2)順祝□早痊。
依時令問候	(1)敬請□春安。(2)敬頌□暑安。(3)順頌□秋祺。(4)敬頌□冬綏。(綏ㄙㄨㄟˊ,安祥之意。)

(九)末啓詞

問候對象	可用語彙
祖父母及父母	(1)謹稟。(2)叩稟。(3)叩上。(4)敬稟。
一般長輩、師長	(1)謹上。(2)敬上。(3)謹肅。(4)拜上。
一般親友平輩	(1)謹啟。(2)敬啟。(3)拜啟。(4)頓首。
一般親友晚輩	(1)手示。(2)手書。(3)手諭。(4)字。(父母親對自己的子女常用「字」字。)

(十)並候語與附候語

問候對象	可用語彙
問候一般長輩	(1)令尊（或令堂）大人前，乞代叱名請安。(2)某伯處煩請叱名道候。
問候學校師長	(1)師母前乞代叱名請安。(2)師母前乞代○○請安。(3)師丈前乞代叱名請安。
問候一般親友平輩	(1)某兄處祈代致候。(2)嫂夫人前祈代致候。
問候一般親友晚輩	(1)順問□令郎佳吉。(2)並候□令嬡等近好。
代一般長輩附問	(1)家嚴囑筆問候。(2)家母囑筆致候。
代一般平輩附問	(1)某兄囑筆問好。(2)某妹附筆致候。
代一般晚輩附問	(1)小兒侍叩。(2)小女侍叩。

(十一)書信範例

子源吾師壇席：遙望　門牆，輒深馳慕。謹肅者。離開學校轉瞬半年，回想在校期間，受到　恩師啟發最深，昔日光景，依稀猶如昨日。當時　恩師授課內容，至今受用無窮，生感念　師恩，銘記教誨。另，本班將舉辦同學會，日期預定在一月一日晚上六點於高雄漢來大飯店四十三樓，企盼　恩師能夠撥冗蒞臨指教，不勝感禱。近日天氣不甚穩定，寒暖不一，至祈　珍重。肅此敬達，恭請

誨安

受業 范銘傳謹上 十二月十日

師母前乞代叱名請安。

(十二)書信結構範例

子源吾師❶壇席❷：遙望　門牆，輒深馳慕❸。謹肅者❹。離開學校轉瞬半年，回想在校期間，受到　恩師啟發最深，昔日光景，依稀猶如昨日。當時　恩師授課內容，至今受用無窮，生感念　師恩，銘記教誨。另，本班將舉辦同學會，日期預定在一月一日晚上六點於高雄漢來大飯店四十三樓，企盼　恩師能夠撥冗蒞臨指教，不勝感禱。近日天氣不甚穩定，❺寒暖不一，至祈　珍重❻。肅此敬達，恭請

誨安❼

受業 范銘傳❽謹上❾ 十二月十日❿

師母前乞代叱名請安。⓫

❶受信人名字稱謂　❷提稱語　❸開頭應酬語　❹啓事敬辭　❺信箋正文　❻結尾應酬語　❼結尾敬語　❽自稱與署名　❾末啓詞　❿寫信日期　⓫並候語

【作業】

一、請依照傳統書信格式的前十一項原則，寫一封信給授課的應用文老師，內容主旨為本學期上課以來的心得或感想。

三、現代書信的格式與寫作方法

(一)橫書西式信封

格式範例：

□□□
寄件人地址
寄件人姓名＋緘封詞（電話）

貼郵票處

□□□
收件人地址
（收件人單位職稱）
收件人姓名＋職稱＋啓封詞
（收件人電話）

800
高雄市新興區中正路 1 號
劉銘傳謹緘 0938-338-338

貼郵票處

821
高雄縣路竹鄉中山路 1821 號
高苑科技大學通識教育中心
黃子源　老師　道啓
07-6077121

注意事項：

⑴郵遞區號應獨立成行。

⑵地址應分行書寫，最好使用電腦打字列印。

⑶受信人地址與姓名部份應將字體放大。

⑷受信人地址與姓名部份最好置於整個信封的中間位置。

⑸注意郵票黏貼的位置在右上方。

⑹如果是寄到國外，可以使用中華民國台灣 R.O.C.。

⑺如果是寄到國外，可以加上 FROM 與 TO 的字樣。

⑻如果是寄給長期固定的客戶，可以使用電腦列印標籤。

⑼如果是大量的客戶地址名單，可以考慮使用資料庫軟體套印。

㈡現代書信寫作原則

現代書信已經脫離古代書信各種格式的限制，但是也要尊重受信人的文化素養與閱讀程度，配合自己身分立場的適宜表達，這是現代書信最重要的基本原則。除此之外，仍應注意以下六點要領：

第一，**現代書信應參考傳統書信的格式與精神，許多基本用語上也應維持一定的尊重與禮貌**。例如，在信封的書寫上，如果是寫給學校老師的一封信，仍應用「○○老師道啓」的字樣，因爲這是一種文化的傳統與基本的精神。同時，在書信的自稱、署名與末啓詞的部份，仍應參照傳統書信格式的語彙，如此才能顯示尊重與禮節。

第二，**注意傳統與現代的差異，儘量避免可能混淆的情況**。例如：女性同學在對男性老師的稱謂上，不宜用「夫子」稱之，因爲「夫子」是傳統上妻子對丈夫的稱呼，所以容易造成誤會。因此，選用「老師」的稱呼較爲適宜。

第三，**許多提稱語、開頭應酬語等傳統格式，可以轉換成現代的用語**。例如：將寫給老師的「壇席」改成「您好」，將開頭應酬語的「遙望　門牆，輒深馳慕」改成「離開學校一段時間了，我在台北想起老師當時上課的情景，就很想回到校園再當您的學生」。

第四，**現代書信中應該注意現代的制度與人際的關係，並給予合宜的尊稱**。例如，目前台灣的大學教師制度中，有「助教、講師、助理教授、副教授與教授」等級，但是學生對授課的教授或副教授等，並不適宜直稱其職級，而應稱呼其爲「老師」。因爲「教授」是客觀制度的職級，「老師」卻是師生的關係，如果一位學生寫給自己上課的老師，卻稱呼其爲「教授」，這是不適合的。

第五，**現代書信儘量不要使用火星文或注音文字**。雖然現代書信已不再使用文言文，但是爲了尊重閱讀者，所以儘量不要使用注音符號、火星文或其他怪異的文字符號表達，而且要正確使用全形而非半形的標點符號，特別是寫信給學校的老師或是長輩，尤其要避免以上的情況。

第六，**現代書信可以用電子郵件或手機簡訊代替，但應維持基本的禮節與尊重**。現代工商業社會，講求效率與速度，因爲書信可以使用各種傳遞媒介，但是基本的禮節與尊重對方的精神，仍應維持適宜的表現。

現代書信範例

黃老師您好：

離開學校一段時間了，我在台北想起老師當時上課的情景，就很想回到校園再當您的學生，尤其是離開學校一轉眼就是半年的時間，回想在校期間，受到您的啟發最深，當時上課的情景，就好像昨天發生的事情。當時您授課的內容，到今天仍然受用無窮，學生感念您的恩德，也謹記您的教誨。

另外，本班將舉辦同學聚會活動，日期預定在一月一日晚上六點於高雄漢來大飯店四十三樓，也就是當時辦謝師宴的場地，企盼您能夠蒞臨指教，我們同學都很期待老師的到來。近日來天氣不是很穩定，氣溫變化也很大，希望老師多多珍重。祝福老師

身體健康，萬事如意

受業 范銘傳敬上 十二月十日

請代學生向師母請安問候。

第五課　現代便條與名片

一、現代便條的意義與格式

在今日科技日新月異的時代，手機直通與網路視訊改變了人與人之間溝通的模式，3G手機影像電話的出現，讓人們可以達到即時影音溝通的新境界。即使如此，吾人在生活中仍然須要「便條」嗎？

其實，「便條」是一種最爲簡易方便與最常見的書信模式，通常使用在較爲親近的同學或親友之間。因此，便條的實際內容多半是生活中較爲簡單或急切的事務，所以不必過於講究繁雜的禮儀，僅以三言兩語即可交待清楚，以直接留交或轉託他人代送，都可以彌補現代通訊不足的地方。因此，便條就是最爲簡便的字條，也可以說是一種簡化的書信模式，大多用於餽贈、請託、答謝、探病、訪友未晤、邀約、借款與借物等方面。

即使是一張「便條」，其格式與結構還是具備了以下四種要素：

第一，**正文**：交待事情的實際內容。

第二，**稱謂與交遞語**：稱謂寫在正文的前面或後面都可以，但是如果是寫在後面的時候，應該先加上「此致」、「此上」等交遞語。一般來說，通常在對方的名字下應該要加上尊詞。

第三，**自稱、署名與末啟詞**：在自己具名的右上方，應該加一個自謙的稱謂，並以謙側的方式呈現。然後，在自己具名的下方，可以加上末啓詞，例如「敬上」、「敬留」等詞語。

第四，寫作時間：一般將寫作便條的時間會寫在具名下的偏旁位置。

便條範例

(一)拜訪未遇

今日上午十點來訪，可惜沒有遇到你。我準備明天上午十點再來拜訪，敬請　稍待。此上
銘傳兄
弟 子源拜留 九月九日

(二)回覆拜訪未遇

子源兄：昨日閣下來訪，弟因公外出未遇，實在抱歉。今天上午弟另有會議，不便缺席，明天上午九點當親自到府上拜訪，敬請　鑒諒。
弟 銘傳拜留 九月十日

(三)邀宴

明晚七點在福華餐廳敬備菲酌，恭請　光臨。此上
立驤兄
弟 子源拜留 九月十日

(四)餽贈

子源吾師：昨晚學生自高雄大樹鄉返校，家母囑咐攜玉荷包荔枝一簍奉贈吾師，其味甚為鮮甜甘美，供師品嚐，敬請　笑納。
學生 宗哲謹上 六月十日

二、名片的意義與格式

名片是指印有姓名、職銜、住址、電話號碼、電子郵件或個人網路首頁的小卡片，通常是用來自我介紹、留下聯絡資訊的憑藉。有時因爲在拜訪朋友的時候，在名片的正面或是反面空白的地方，也有寫上扼要簡單的幾行文字，其作用是與便條相同的，但是比便條更爲方便。

由於數位網路時代的來臨，網路上常見個性化的「簽名檔」或是「網路名片」，都是值得參考與實用的方式。此外，透過紅外線傳輸訊息，或是在網路上玩即時通、Q.Q.等交友通訊軟體時，也會使用到相關概念的名片。因此，數位網路時代的名片已經呈現多元而先進的模式，吾人不必固守老舊的名片形式，可以略做變通而與時俱進，達到充份溝通的目標。

雖說如此，一般在重要的場合或是商界人士交流的時候，互相交換名片，不僅是一種禮貌，也是商業資訊交流的重要途徑。因此，使用名片的意義，大抵上有四項：其一，社交的禮儀；其二，資訊的交流；其三，聯絡的途徑；其四，介紹或宣傳的工具。至於名片的格式，應俱備以下四項：

第一，**姓名**：可列中文全名或英文姓名。

第二，**職銜**：個人服務單位的職位名稱或職務名稱。

第三，**聯絡方式**：包含地址、電話、電子郵件或個人網路首頁等資訊。

第四，**其他部份**：例如個人的學歷或經歷、專長、公司的營業項目……等，這是依照特殊需求而自由設計的項目。

第六課　柬帖的設計與寫作

一、柬帖的意義與種類

柬，本爲「簡」字，古代用以寫字的小竹片，亦指功用與「簡」相同的書寫用品；帖，本爲寫在絲織物上的小條絹帛。因此，柬帖是古代書寫材料不同而產生的不同名稱，通常也是指一般書札、書信等簡稱。現代應用文已經將「柬帖」合爲一個專有名詞，主要是指一般應酬與婚喪喜慶的書面通知，大多以較硬紙張印成摺疊式或卡片式兩種。

現代通行柬帖的種類可以分爲下列四類：

第一類，**結婚訂婚類柬帖**：這是邀請親朋好友觀禮或參加喜宴時使用的柬帖，可分爲結婚柬帖、訂婚柬帖與出嫁柬帖等三種。

第二類，**一般慶賀類柬帖**：這是邀請親朋好友觀禮或參加喜慶時使用的柬帖，如彌月、壽慶、開張等。

第三類，**一般喪葬類柬帖**：可分訃聞與告窆（ㄅㄢˇ）等兩類。訃聞原是古代報喪的文告。現代訃聞是喪家或治喪者向親朋好友與各界報告喪事的書面通知，一般會詳細記載死者的姓名、生卒的年月、享年若干與出喪日期等方面的資訊。告窆則是通知親友各界安葬死者日期的通知，現今多合併在訃聞之中。告窆即是下葬日期訃告親友的意思。窆，是指將棺木葬入墓穴。

第四類，**一般應酬類柬帖**：這是通常宴請親友的柬帖，如陞遷、洗塵、餞行、同學會、公司聚會等。

二、柬帖的格式與範例

㈠婚嫁柬帖類

1.結婚柬帖的內容：

(1)結婚人與具帖人的姓名與稱謂。（長男○○、次女○○）

(2)結婚的日期與地點。（中華民國九十二年國曆三月廿三日）

(3)結婚方式。（舉行結婚典禮）

(4)請受帖人光臨。（恭請　閤第光臨）

(5)具帖人的姓名與表敬辭。（雙方父母○○○鞠躬）（具帖人可為①當事人、②雙方家長、③男方家長、④女方家長、⑤親屬尊長）

(6)宴客的時間與地點。（桃園縣中壢市中信大飯店與中午十二時入席）

範例（雙方父母具名帖）

謹詹於中華民國九十二年國曆三月廿三日／農曆二月廿一日（星期日）

為長男○○／次女○○舉行結婚典禮敬備喜筵　恭請

闔第光臨

○○○　○○○　○○○　○○○　鞠躬

恕邀

席設：桃園縣中壢市中信大飯店廿二樓同心園餐廳

時間：中午十二時入席

2.訂婚柬帖的內容：
(1)訂婚人與具帖人的姓名與稱謂。
(2)訂婚的日期與地點。
(3)介紹人姓名。
(4)請受帖人光臨。
(5)具帖人的姓名與表敬辭。
(6)宴客的時間與地點。

3.出嫁柬帖的內容：
(1)出嫁人與具帖人的姓名與稱謂，所適（嫁）者姓名。
(2)出嫁的日期與地點。
(3)請受帖人光臨。
(4)具帖人的姓名與表敬辭。
(5)宴客的時間與地點。

㈡慶賀柬帖類

1.彌月柬帖的內容：
(1)彌月的日期。
(2)彌月者的稱謂與名字。
(3)宴客的時間、地點與方式。

(4)請受帖人光臨。

(5)具帖人（父母）的姓名與表敬辭。

2.壽慶柬帖的內容：

(1)祝壽的日期。

(2)壽星的稱謂、姓名與年齡。

(3)祝壽的時間、地點與方式。

(4)請受帖人光臨。

(5)具帖人的姓名與表敬辭。

(三)喪葬柬帖類

1.訃聞的內容：

(1)往生者的稱謂、姓名字號、籍貫等。

(2)往生者死亡的確切時間，如年、月、日、時等。

(3)死亡的原因與地點。

(4)往生者的出生年、月、日、時與年歲。（得年、得壽、享年、享世、享壽）

(5)親屬處理善後的各種禮事。

(6)開弔的時間日期與地點。

(7)安葬的地點或火化靈骨奉存的寺塔。

(8)訃告的對象。

(9)主喪者與親屬的具名，表敬辭。

(10)喪居的地址與聯絡方式等。

(四)一般應酬柬帖類

1.謝師宴柬帖的內容：

(1)宴會的內容爲謝師宴。

(2)謝師宴的時間、地點與方式。

(3)具帖人的姓名、稱謂與表敬辭。

(4)以簡短而感恩的幾句話，誠摯的邀請受帖人。

(5)請受帖人光臨。

(6)主辦人或聯絡人的聯絡電話與交通接送等事宜。

三、簡帖的常用語

(一)一般婚嫁喜慶類

1.詹於：詹，通「占」，占卜、選定的意思。古代利用龜甲蓍草與後世使用銅錢牙牌等推斷吉凶禍福，表示黃道吉日的意思。

2.福證：請人證婚的敬語。

3.文定：《詩經．大雅．大明》：「文定厥祥，親迎於渭。」言卜得吉日而以納幣之禮定其祥也，後因稱訂婚爲文定。

4.于歸：出嫁。《詩經．周南．桃夭》：「之子于歸，宜其室家。」女子以夫家爲自己真正的家，故稱出嫁爲于歸。

5.吉夕、嘉禮、合巹：結婚。（巹，音ㄐㄧㄣˇ，古代婚禮用的禮器，其製破瓠ㄏㄨˊ為瓢ㄆㄧㄠˊ，名巹。合巹是夫婦合執其中一瓢飲。）

6.賀儀：即賀禮，可以禮金或禮物贈送結婚者。

7.桃觴：祝壽的酒席。

8.湯餅：出生三日之宴，今亦稱滿月之酒席。
9.彌月之慶：嬰兒出生滿月的酒席。
10.弄璋：祝別人生男孩的頌辭。《詩經．小雅．斯干》：「乃生男子，載寢之床，載衣之裳，載弄之璋。」璋，玉器的名稱，狀如半圭，古代朝聘、祭祀、喪葬、治軍時用作禮器或信玉，是古代官員所執。意謂祝所生的男孩成長後爲王侯，能執圭璧。後因稱生男爲「弄璋」。
11.弄瓦：祝別人生女孩的頌辭。
12.嵩祝：祝人福壽如嵩山之高的意思。
13.敬使：付送禮人的小費。
14.賁臨：賁ㄅㄧˋ，華美光彩貌。語出《詩經．小雅．白駒》：「賁然來思。」賁然，光采華麗的樣子，謂來者有所盛裝打扮。後用「賁臨」表示光臨。
15.洗塵：設宴歡迎遠方歸來的人，又俗稱接風。
16.餞行：以酒席送別即將遠行的朋友。
17.秩、晉：秩，十年。晉，同進。如五秩晉三即五十三歲。
18.領謝：領受禮物而道謝。
19.璧謝：奉還禮物並道謝，也是拒收的意思。
20.踵謝：親自登門道謝。

(二)一般喪葬類

1.先祖考：對他人稱自己已去世的祖父，又稱顯祖考。考，老也，對死去的父親的稱呼。
2.先祖妣：對他人稱自己已去世的祖母，又稱顯祖妣。妣ㄅㄧˇ，稱祖母和祖母輩以上的女性祖先。
3.顯考：古代對亡父的美稱。對他人稱自己已去世的父親，又稱先君、先考、先嚴、先父等。
4.顯妣：古代對亡母的美稱。對他人稱自己已去世的母親，又稱先妣、先慈、先母等。
5.先夫：對他人稱自己已去世的丈夫。
6.先室：對他人稱自己已去世的妻子，又稱先荊。

7.先兄：對他人稱自己已去世的哥哥。
8.先姐：對他人稱自己已去世的姐姐。
9.亡弟：對他人稱自己已去世的弟弟。
10.亡妹：對他人稱自己已去世的妹妹。
11.亡兒：對他人稱自己已去世的兒子，又稱故寵兒。
12.亡女：對他人稱自己已去世的女兒，又稱故愛女。
13.故媳：對他人稱自己已去世的媳婦。
14.孤子：母親仍健在，父死，子稱「孤子」。
15.哀子：父親仍健在，母死，子稱「哀子」。
16.孤哀子：父母俱已過世，子稱孤哀子；如果是母親先去世，父親後去世，則子稱「哀孤子」。
17.未亡人：丈夫去世，妻子自稱。
18.壽終正寢：男喪使用。如死於意外，則不宜使用，只能用「卒」或「終」。
19.壽終內寢：女喪使用。如死於意外，則不宜使用，只能用「卒」或「終」。
20.享壽：現代一般以卒年六十歲以上的稱爲「享壽」，未滿六十的稱爲「享年」，三十歲以下的稱爲「得年」。
21.小斂：是指給死者沐浴與穿衣等。斂ㄌㄧㄢˋ，又作「殮」。
22.大斂：是指給死者沐浴穿衣後將遺體放入棺木中。
23.成服：在大斂前或後穿著禮制內的喪服。
24.斬衰：五種喪服中最重的一種。主要是用粗麻布製成，左右和下邊都不縫，服制三年。子及未嫁女爲父母，媳爲公婆，承重孫爲祖父母，妻妾爲夫，均服斬衰。衰ㄘㄨㄟ，古代喪服，用粗麻布所製成，披在胸前。
25.齊衰：喪服名，爲五服（古代以親疏爲差等的五種喪服）之一。服用粗麻布製成，以其緝邊縫齊，故稱「齊衰」。服期有一年的，稱爲「齊ㄗ 衰期ㄐㄧ 年」，爲祖父母、伯叔父母、兄弟、在室姑姊妹、夫爲妻，已嫁女爲父母之喪；有五月的，如爲曾祖父母；有三月的，如爲高祖父母。
26.大功：服期九月，是由熟麻布所做成，較齊衰稍爲細緻，卻較小功爲粗，故稱大功。是爲堂兄弟、未婚的堂姊妹、已婚的姑、姊妹、侄女及眾孫、眾子婦、侄婦等之喪，都服大功。已婚嫁女兒爲伯父、叔父、兄弟、侄、未婚姑、姊妹、侄女等服喪，也服大功。

27.小功：服期五月。五服中的第四等。是由熟麻布所製成，較大功爲細，較緦麻爲粗。凡本宗爲曾祖父母、伯叔祖父母、堂伯叔祖父母，未嫁祖姑、堂姑，已嫁堂姊妹，兄弟之妻，從堂兄弟及未嫁從堂姊妹；外親爲外祖父母、母舅、母姨等，均服之。

28.緦麻：服期三月。五服中最輕者，孝服是用細麻布所製成，凡本宗爲高祖父母，曾伯叔祖父母，族伯叔父母，族兄弟及未嫁族姊妹，外姓中爲表兄弟，岳父母等，均服之。緦ㄙ，細麻布。多用作製作喪服。

29.反服：兒死，無孫，父在堂，父反爲兒之喪持服。

30.泣血：居三年之喪者用。

31.抆淚：久哭擦眼淚，形容極爲難過。抆ㄨㄣˇ，擦拭。

32.稽顙：音爲ㄑㄧˇ ㄙㄤˇ。古代遭三年之喪的一種跪拜禮，屈膝跪拜，以額觸地，表示極度的虔誠。

33.護喪：主持辦理喪事。

34.諱：用於敬稱往生者的名字。

35.權厝：臨時置棺待葬。

36.含斂：古代喪禮之一，是指納珠玉米貝等於往生者的口中並換衣服，然後放入棺中，曰「含殮」。

37.匍匐奔喪：匍匐ㄆㄨˊ ㄈㄨˊ，是爬行的意思。奔喪，從遙遠的地方奔赴親喪。

38.發引：用以指出殯時靈車出發。

39.合窆：將已死的父母親同葬一墓穴之中。

40.開弔：有喪事的人家在出殯以前於喪家設靈堂供親友弔祭。

41.世鄉學寅戚友誼：是指世交、同鄉、同學、同事、親戚、朋友情誼的人。寅爲同事的意思。

42.鼎賻懇辭：在訃聞中誠懇的辭謝他人致送財物的同語。鼎賻ㄈㄨˋ，敬稱送給喪家的布帛、錢財等。

【作業】

一、請以一般書店所售附有信封的邀請卡片，邀請本校系上或曾擔任本班課程的教授參加謝師宴。

第七課　對聯與題辭

一、對聯的意義與種類

由於我國語言文字擁有「獨體」與「單音」的特質，可以在形式美上講求對仗，在聲律美上講求抑揚頓挫的節奏。因此，在長度相等的兩句文字中，刻意講求詞性或詞類的相對應，即是對聯。

「對聯」是兩個字結合的意思，其中「對」是指成雙的物件，「聯」是含有結合與聯結的意思。因此，對聯是將各種不同的字句，分別組合起來，造成兩句互相配對並用來表達各種情意的話語。

對聯是成雙的字句，通常貼在柱子或門的兩邊，貼在左邊的稱爲「上聯」，貼在右邊的稱爲「下聯」，左右兩邊是由內而外的方向，若是由外向內觀視，則上聯應貼在右邊，下聯應貼在左邊。判斷的最簡單方法是上聯最後一字爲仄聲，下聯最後一字爲平聲，不能隨便張貼，否則會鬧成笑話。

除了傳統的春聯之外，各地的寺廟道觀、亭臺樓閣與名山勝地，必然會見到各式的對聯。由於對聯常懸於楹柱，故又雅稱爲「楹聯」，主要是指懸掛或附貼於楹柱的對聯，又稱楹帖。

相傳始於五代後蜀主孟昶，在除夕夜中其寢室的門上桃符板上的題詞爲「新年納餘慶，佳節賀長春。」這是最早的迎春門聯。

對聯又俗稱對子。因爲其言簡意賅，平仄協調，對仗工整，是一字一音的漢語語言獨特的藝術表現形式。因此，對聯藝術是中華民族的文化瑰寶，具有千年以上傳承的歷史意義。對聯的種類約分爲春聯、喜聯、壽聯、輓聯、裝飾聯、行業聯、交際聯、諧趣聯和雜聯等。對聯的文字長短不一，亦可分段，較短的僅一、兩個字，較長的可達幾百字。對聯形式多樣，有正對（用反映同類事物或概念的詞語兩兩相對）、反對（指辭性相反而意義相同的對偶句。）、流水對（指上下兩句意思相貫串的對偶句）、集句對（聚集古人詩詞等詞句）等。綜合其特性，應具備以下四項要點：

第一，**上下聯字數要相同，斷句要一致**。在極爲特別的情況下，也有例外的情形。

第二，**上下聯平仄相合，音調和諧**。傳統習慣是「仄起平落」，即上聯末句最後一字用仄聲，下聯末句最後一字用平聲。

第三，**上下聯詞性要相對，位置要相同**。一般是「虛對虛，實對實」，也就是動詞對動詞，名詞對名詞，形容詞對形容詞，數量詞對數量詞，副詞對副詞，而且相對的名詞必須在相同的位置上。

第四，**上下聯內容要相關，上下要銜接**。上下聯的含義必須相互銜接，可是又不能重複。

以上原則試以杭州西湖旁的岳飛廟中的一副對聯爲例，即可看出對聯的某些特質：

青山有幸埋忠骨

白鐵無辜鑄佞臣

至於對聯又有那些種類呢？一般說來，依使用的性質而言，可以分成四大類：

第一類，**春聯**。最爲普遍的對聯，也是農曆新年使用的門聯。

第二類，**楹聯**。一般寺廟、道觀、亭台樓閣、宅第、商店等使用。

第三類，**賀聯**。凡是婚嫁、壽慶、新居落成等喜事時使用。

第四類，**輓聯**。主要是哀悼往生者所使用。

二、題辭的意義與種類

題辭是以簡單的字句表達紀念、勉勵、祝福、褒獎或哀悼的心意。若從題辭的發生性質而論，主要是由銘、箴、頌、贊等四類文體逐漸演化而來。其中，銘是古代常見刻鏤於碑版或器物之上，或以稱揚功德，或是用以自我警惕的作用；箴，是以規勸告誡爲主的意思；頌，是以頌揚爲宗旨的詩文；贊，是用於贊頌人物等文詞，多爲韻語的表現。然而，古代的銘、箴、頌、贊多半是長篇，現代的題辭多半是以四個字爲標準，應用的種類與用語也呈現多元化而具有科技時代的特色。

至於題辭的種類，則是可以分爲六大類：

第一，**題字類**。凡是題字贈與他人著作的書籍、婚喪喜慶的賀儀紅包或奠儀、相片、畢業紀念的卡片等，皆是題上勉勵的或勸慰的字句。

第二，**幛軸類**。例如喜幛、壽幛、輓幛等。幛，是作爲祝賀或哀悼時的禮物用的整幅布帛，題字或綴字於上以懸掛的物品。

第三，**題像類**。通常是在政治人物、工商業領導者的肖像或往生者遺像上題辭，藉以贊頌其人的功德或成就。

第四，**匾額類**。通常在政治人物當選、寺廟、廳堂、商店、新居落成等可見橫或直向長方形木板銘刻四字懸掛在廳堂高處。

第五，**冊頁類**。通常用於書畫作品或畢業紀念冊上，由親友或師長同學題辭。

第六，**紀念類**。通常用於比賽獎牌、獎杯、獎狀、錦旗、紀念品等物品之上，用以鼓勵或紀念等性質。

三、題辭的用語與範例

(一)贈送著作

1. 贈送給老師或一般長輩：教正、賜正、誨正、斧正。
2. 贈送給一般平輩：雅正、指正、惠正、郢正。（郢ㄧㄥˇ）
3. 贈送給晚輩：惠覽、惠閱、參閱。
4. 贈送給圖書館或單位：惠藏、公覽、惠存。

（範例）

子源吾師誨正

受業
○○○敬呈

(二)婚嫁

1. 賀人訂婚用語：文定之喜、訂婚之喜。
2. 賀人訂婚題辭：緣訂三生、白首成約、良緣宿締。
3. 賀人結婚用語：嘉禮、結婚誌慶、結婚之喜。
4. 賀人結婚題辭：百年好合、珠聯璧合、愛河永浴。

（範例）

○○先生
○○小姐　結婚之喜

百　年　好　合

○○○敬賀

(三)誕育

1. 賀人生子用語：弄璋之喜。
2. 賀人生子題辭：天賜石麟、慶叶弄璋、熊夢徵祥。
3. 賀人生女用語：弄瓦之喜。
4. 賀人生女題辭：明珠入掌、弄瓦徵祥、彩鳳新雛。

（範例）

○○兄
○○嫂　弄璋之喜

天　賜　石　麟

○○○敬賀

(四)壽慶

1.賀壽用語：○秩大壽、○秩晉○大壽。
2.賀人夫婦雙壽用語：○秩雙慶。
3.賀男壽題辭：福壽康寧、齒德俱尊、松柏長青。
4.賀女壽題辭：慈竹長青、瑞靄萱堂、懿德延年。
5.賀人夫婦雙壽題辭：椿萱並茂、偕老同心。

(五)哀輓

1.一般悼喪通用語：靈鑒、靈座、靈右。
2.一般悼男喪通用語：千古、冥鑒。
3.一般悼女喪通用語：靈幃、仙逝、鸞馭。（鸞ㄌㄨㄢˊ）
4.悼佛教徒用語：生西。
5.悼基督教、天主教徒用語：安息、永生。
6.悼老年男喪題辭：福壽全歸、斗山安仰、南極星沉。
7.悼中年男喪題辭：德業長昭、音容宛在、哲人其萎。
8.悼老年女喪題辭：駕返瑤池、母儀足式、女宗安仰。
9.悼中年女喪題辭：淑德永昭、懿範長留、彤管流芳。
10.悼一般師長題辭：高山安仰、教澤永懷、梁木其頹。
11.悼女性師長題辭：女宗宛在、儀型空仰、淑教流徽。

（範例）
○公世伯　八秩大壽
福壽康寧
○○　○○　同拜賀

（範例）
○公世伯　冥鑒
福壽全歸
○○○叩輓

（範例）
○母太夫人　靈幃
駕返瑤池
○○○敬輓

（範例）
○公吾師　生西
花開見佛
○○○泣輓

第八課　現代橫式公文的格式與寫作

一、公文的意義

「公文」是處理公眾事務的文書，具有一定的製作流程、傳遞程序、專用術語與特定格式，而且在發文者與受文者之間，其中必定有一方爲公立或私立的機關團體。因此，公文的意義必須具備以下四項要點：

第一，**處理公眾事務的文書**。所謂的公文，自然不是個人與個人之間的私事，必定是與公務相關，才能稱爲公文。現行「公文程式條例」第一條開宗明義：「稱公文者，謂處理公務之文書。」至於私人著述、情感交流的書信或是與公務無關的契約等，都不能稱爲公文。

第二，**包含機關團體的對象**。所謂的機關或團體，應包括公立的官署機構與民間私立的非官署性質的機構。凡是公私立機關之間，或是一般人民與公私立機關之間，因公眾事務而往返的文書，就必須加以處理，同時又符合特定的程序與格式，即稱爲公文。

第三，**具備製作傳遞的程序**。凡是公文的製作與傳遞，都必須符合特定的格式與流程的要求，從收文、承辦、擬稿到發文之間，應具備一定的程序。

第四，**符合特定格式的要求**。凡是公文的製作，必須使用共同的術語及格式，因此符合特定格式的要求，就顯得特別重要。例如，在某些公文上必須依照規定蓋用機關印信或是首長簽章，並註明發文字號與年月日等，皆有一定的格式，若不合格式的基本要求，皆不能視爲正確無誤的公文。

二、現行公文程式條例

公文程式條例

中華民國十七年十一月十五日國民政府制定公布
中華民國四十一年十一月二十一日總統令修正公布全文十條
中華民國六十一年一月二十五日總統令修正公布全文十四條
中華民國六十二年十一月三日總統令修正公布第二條及第三條條文
中華民國八十二年二月三日總統令修正公布第二條及第三條條文，並增訂第十二條之一條文
中華民國九十三年五月十九日總統華總一義字第 09300094171 號令修正公布第七條、第十三條、第十四條條文；本條例修正條文第七條施行日期，由行政院以命令定之
中華民國九十三年六月十四日行政院院臺祕字第 0930086166 號令發布第七條定自九十四年一月一日施行

第一條（公文定義）

稱公文者，謂處理公務之文書；其程式，除法律別有規定外，依本條例之規定辦理。

第二條（公文程式類別）

公文程式之類別如左：

一、令：公布法律、任免、獎懲官員，總統、軍事機關、部隊發布命令時用之。
二、呈：對總統有所呈請或報告時用之。
三、咨：總統與國民大會、立法院、監察院公文往復時用之。
四、函：各機關公文往復，或人民與機關間之申請與答復時用之。

五、公告：各機關對公眾有所宣布時用之。
六、其他公文。
前項各款之公文，必要時得以電報、電報交換、電傳文件、傳真或其他電子文件行之。

第三條（機關公文蓋印、簽署、副署）

機關公文，視其性質，分別依照左列各款，蓋用印信或簽署：
一、蓋用機關印信，並由機關首長署名，蓋職章或蓋簽字章。
二、不蓋用機關印信，僅由機關首長署名，蓋職章或蓋簽字章。
三、僅蓋用機關印信。
機關公文法應副署者，由副署人副署之。
機關內部單位處理公務，基於授權對外行文時，由該單位主管署名、蓋職章；其效力與蓋用該機關印信之公文同。
機關公文蓋用印信或簽署及授權辦法，除總統府及五院自行訂定外，由各機關依其實際業務自行擬訂，函請上級機關核定之。
機關公文以電報、電報交換、電傳文件或其他電子文件行之者，得不蓋用印信或簽署。

第四條（署名之代理與代行）

機關首長出缺由代理人代理首長職務時，其機關公文應由首長署名者，由代理人署名。
機關首長因故不能視事，由代理人代行首長職務時，其機關公文，除署首長姓名註明不能視事事由外，應由代行人附署職銜、姓名於後，並加註代行二字。
機關內部單位基於授權行文得比照前二項之規定辦理。

第五條（人民申請函應載事項）

人民之申請函，應署名、蓋章，並註明性別、年齡、職業及住址。

第六條（年月日及發文號之記載）

公文應記明國曆年、月、日。

機關公文，應記明發文字號。

第七條（公文之書寫方式）

公文得分段敘述，冠以數字，採由左而右之橫行格式。

第八條（公文文字）

公文文字應簡淺明確，並加具標點符號。

第九條（公文副本）

公文，除應分行者外，並得以副本抄送有關機關或人民；收受副本者，應視副本之內容爲適當之處理。

第十條（公文附件應冠數字）

公文之附屬文件爲附件，附件在二種以上時，應冠以數字。

第十一條（騎縫章）

公文在二頁以上時，應於騎縫處加蓋章戳。

第十二條（密件）

應保守秘密之公文，其制作、傳遞、保管，均應以密件處理之。

第十二條之一（電子文件辦法之另訂）

機關公文以電報交換、電傳文件、傳真或其他電子文件行之者，其制作、傳遞、保管、防僞及保密辦法，由行政院統一訂定之。但各機關另有規定者，從其規定。

第十三條（送達之規定）

機關致送人民之公文，除法規另有規定外，依行政程序法有關送達之規定。

第十四條（施行日）

本條例自公布日施行。

本條例修正條文第七條施行日期，由行政院以命令定之。

機關公文傳真作業辦法

中華民國八十二年四月七日台八十二秘字第〇八六四一號令訂定發布

第一條　本辦法依公文程式條例第十二條之一訂定之。

第二條　機關公文傳真作業，除法律另有規定外，依本辦法之規定。但總統府及立法、司法、考試、監察四院另有規定者，從其規定。本辦法之規定，於公營事業機構及公立學校適用之。

第三條　本辦法所稱傳真，係指送方將文件資料，以電話等通訊設備，透過電信網路傳輸，受方於其通訊設備上，即可收受該文件資料影印本之傳達方式。

第四條　各機關應指定單位或指派適當人員，負責辦理公文傳真作業。

第五條　傳真之公文，以公文程式條例第二條第一項第四款及第六款所定之公文爲限。但左列公文，非經核准不得傳真：

一、機密性公文。

二、受文者爲人民、法人或非法人團體之公文。

三、附件爲大宗文卷、書籍、照（圖）片，或超過八開以上圖表之公文。

四、其他因傳真可能影響正確性之公文。

第六條　各機關對於內容涉及重要事項，須迅予處理之公文，得以先行傳真，事後應即補送原件之方式處理，並於文面註明。

第七條　承辦人員對於擬傳真之公文，應於公文原稿適當位置註明；並依規定程序陳核、繕校、蓋用印信或簽署及編號登記後始得傳真。

第八條　公文傳真應以原件爲之；如係影印本，應經核准，其附件亦同。

第九條　公文傳真作業發文程序如左：

一、登錄傳真公文登記表（簿），記載受文者、發文字號、案由、傳送日期、時間、頁數及承辦單位（人員）等。

二、加蓋傳真作業辦理人員名章，於公文末頁適當位置。

三、撥通受方傳真電話，確認接收者身分後，開始傳真。

四、傳畢再通話對照傳真頁數無誤，文面加蓋傳真文件戳，附原稿歸檔。

第十條　受文單位傳真作業辦理人員收到傳真公文時，應於文面加蓋機關全銜之傳真收文章，註明頁數及加蓋騎縫章，並按收文程序辦理。

前項傳真公文，如有頁數不全或其他有關問題，傳真作業辦理人員應通知發文單位補正。

第十一條　各機關收受傳真公文用紙之質料及規格，均應照規定標準使用。

第十二條　各機關因處理傳真公文需要之章戳，得自行刻用之。

第十三條　各機關爲配合實際業務需要，得依本辦法及有關規定，訂定公文傳真作業要點。

第十四條　傳真公文之保管、保密及其他未盡事宜，依事務管理規則及其手冊等有關規定辦理。

第十五條　本辦法自發布日施行。

機關公文電子交換作業辦法

中華民國八十三年六月三日行政院八十三台院秘字第一九九九三號令訂定發布
中華民國八十八年六月十四日台八十八秘字第二三二九七號函修正

第一條　本辦法依公文程式條例第十二條之一訂定之。

第二條　機關公文電子交換作業，依本辦法之規定。但總統府及立法、司法、考試、監察四院另有規定者，從其規定。

第三條　本辦法所稱電子交換，係指將文件資料透過電腦系統及電信網路，予以傳遞收受者。

第四條　各機關對於適合電子交換之機關公文，於設備、人員能配合時，應以電子交換行之。

第五條　機關公文以電子交換行之者，得不蓋用印信或簽署。並得採由左而右之橫行格式製作。

第六條　各機關應由文書單位負責辦理機關公文電子交換作業。但依公文性質，行文對象及時效有適當控管程序者，不在此限。

第七條　機關公文電子交換作業發文處理程序及應注意事項如下：

一、公文於電子交換前應列印全文，並校對無誤後做爲抄件。
二、發文作業人員應輸入識別碼、通行碼或其他識別方式，於電腦系統確認相符後，始可進行發文作業。
三、檢視電腦系統已發送之訊息。
四、行文單位兼有電子交換及非電子交換者，應列印其清單，以資識別。
五、電子交換後應於公文原稿加蓋「已電子交換」戳記，並將抄件併同原稿退件或歸檔。
六、透過電子交換之公文，至遲應於次日在電腦系統檢視發送結果，並爲必要之處理。發文機關得視需要將所傳遞公文及發送紀錄予以存證。

第一項第五款之章戳，由各機關自行刊刻。

第八條　機關公文電子交換作業收文處理應注意事項如下：

一、收文作業人員應輸入識別碼、通行碼或其他識別方式，於電腦系統確認相符後，即時或定時進行收文作業。

二、列印收受之公文，同時由收文方之電腦系統加印頁碼及騎縫標識，並得由收文方標明電子公文按收文處理作業程序辦理。

三、來文誤送或疏漏者，通知原發文機關另爲處理。

第九條　機關公文電子交換之收、發程序，各機關應採電子認證方式處理，並得視需要加其他安全管制措施。

第十條　機關公文電子交換之管理事項，由行政院指定機關辦理。

第十一條　各機關辦理機關公文電子交換事宜，其電腦化作業應依行政院訂頒之相關規定行之。

第十二條　各機關爲配合實際業務需要，得依本辦法及有關規定，自行訂定機關公文電子交換作業要點。

第十三條　受文者爲人民之機關公文，以電子交換行之者，得不適第六條至第八條之規定，由各機關依其業務需要另定之。

第十四條　本辦法之規定，於公營事業機構及公立學校準用之。

第十五條　本辦法自發布日施行。

三、現行公文程式的特點

從過去封建專制的帝王統治時代進化到二十一世紀的民主自由社會，我國現行的「公文程式條例」已經脫離了數千年「官書」的模式，具有下列五項特點：

第一，一般公文簡化爲三段式，格式統一，分別爲「主旨」、「說明」與「辦法」（或爲「擬辦」），層次分明，簡明扼要，方便公文的製作、閱讀、批閱與執行，可以提高行政效率，掌握重點，解決公務推行的障礙。

第二，公文的製作，對國家元首仍用「呈」，公布法規、人事任免仍用「令」，國防部軍事系統仍依其規定外，公私立機關與一般人民之間往復公文一律用「函」，充份體現了民主自由與法治平等的精神。或許假以時日，對國家元首的公文往返，將以「函」的形式出現，屆時更能彰顯民主平等的精神。

第三，現代公文必須使用現代的生活語言，也就是現代的語體文，不僅加註標點符號，也以「明、確、簡、淺」爲主要特質，儘量不要使用陳腐的舊式格套語言，才能達到充分溝通的目標。

第四，從民國九十四年一月一日起，公文格式由直式書寫改成橫式，以利與國際接軌，同時在電腦文書作業中，製作與傳遞都更爲方便。

第五，因應數位時代網際網路的高度發展，辦公室的自動化行政系統已在各公私立機關間普遍施行，除了重大公文之外，使用無紙化的電子公文，透過安全的機制認證，線上批閱與傳遞程序，都將公文的漫長旅程，轉變成極速的傳遞，不僅縮減了公文往返的時間，也提高了行政的效率，兼有環保的意義，可謂是時代進步的一種表徵。

四、公文的種類與內容

依我國現行「公文程式條例」的內容，公文可以分爲六種，分別是「令」、「呈」、「咨」、「函」、「公告」與「其他公文」等，其相關的內容如下：（依民國九十三年十二月一日行政院修正「文書處理手冊」內容）

第一，**令**：公布法律、發布法規命令、解釋性規定與裁量基準之行政規則及人事命令時使用。

第二，**呈**：對總統有所呈請或報告時使用。

第三，**咨**：總統與國民大會、立法院公文往復時使用。

第四，**函**：各機關處理公務有下列情形之一時使用：

⑴上級機關對所屬下級機關有所指示、交辦、批復時。

⑵下級機關對上級機關有所請求或報告時。

⑶同級機關或不相隸屬機關間行文時。

⑷民眾與機關間之申請或答復時。

第五，**公告**：各機關就主管業務或依據法令規定，向公眾或特定之對象宣布周知時使用。其方式得張貼於機關之公布欄、電子公布欄，或利用報刊等大眾傳播工具廣爲宣布。如需他機關處理者，得另行檢送。

第六，**其他公文**：其他因辦理公務需要之文書，例如：

⑴書函：甲、於公務未決階段需要磋商、徵詢意見或通報時使用。乙、代替過去之便函、備忘錄、簡便行文表，其適用範圍較函爲廣泛，舉凡答復簡單案情，寄送普通文件、書刊，或爲一般聯繫、查詢等事項行文時均可使用，其性質不如函之正式性。

⑵開會通知單：召集會議時使用。

⑶公務電話紀錄：凡公務上聯繫、洽詢、通知等可以電話簡單正確說明之事項，經通話後，發話人如認有必要，可將通話紀錄作成兩份並經發話人簽章，以一份送達受話人簽收，雙方附卷，以供查考。

⑷手令或手諭：機關長官對所屬有所指示或交辦時使用。

⑸簽：承辦人員就職掌事項，或下級機關首長對上級機關首長有所陳述、請示、請求、建議時使用。

⑹報告：公務用報告如調查報告、研究報告、評估報告等；或機關所屬人員就個人事務有所陳請時使用。

⑺箋函或便箋：以個人或單位名義於洽商或回復公務時使用。

⑻聘書：聘用人員時使用。

⑼證明書：對人、事、物之證明時使用。

⑽證書或執照：對個人或團體依法令規定取得特定資格時使用。

⑾契約書：當事人雙方意思表示一致，成立契約關係時使用。

⑿提案：對會議提出報告或討論事項時使用。

⒀紀錄：記錄會議經過、決議或結論時使用。

⒁節略：對上級人員略述事情之大要，亦稱綱要。起首用「敬陳者」，末署「職稱、姓名」。

⒂說帖：詳述機關掌理業務辦理情形，請相關機關或部門予以支持時使用。

⒃定型化表單。

上述各類公文屬發文通報周知性質者，以登載機關電子公布欄爲原則；另公務上不須正式行文之會商、聯繫、洽詢、通知、傳閱、表報、資料蒐集等，得以發送電子郵遞方式處理。

五、公文的處理程序

一般公文的處理程序，可以分爲「收文處理」、「文書核擬」與「發文處理」等三大部分。本書依行政院核定的「文書處理手冊」的內容，簡要說明如下：

㈠收文處理

1.**簽收**：簽收應注意事項如下：⑴外收發人員收到公文或函電，除普通郵遞信件外，應先將送件人所持之送文簿或清單逐一查對點收，並就原簿、單，註明收到時間蓋戳退還；如無送文簿、單，應填給送件回單。機關如未設外收發單位者，應指定專人辦理。⑵外收發人員收到之文件應登錄於外收文簿，其係急要文件、機密件、電報或附有現金、票據等者，應隨收隨送總收文人員，其餘普通文件應依性質定時彙送。文件封套上指定收件人姓名者，應另用送文簿登錄，並比照上述文件性質，隨時或按時送達。⑶來人持同文件須面洽者，應先以電話與承辦單位接洽，如有必要再引至承辦單位，其所持文件應囑承辦單位補辦收文手續。⑷收件應注意封口是否完整，如有破損或拆閱痕跡，應當面會同送件人於送件簿、單上，註明退還或拒收。⑸人民持送之申請書件，應先檢視是否符合規定，如手續不全應指導其補齊後再行簽收。

2.**拆驗**：拆驗應注意事項如下：⑴總收文人員收到文件拆封後，除無須登錄者外，如爲機密件或書明親啓字樣之文件，應於登錄後，送由機關首長指定之機密件處理人員或收件人收拆；如爲普通文件，應即點驗來文及附件名稱、數量是否相符，如有錯誤或短缺，除將原封套保留註明外，應以電話或書面向原發文機關查詢。⑵應檢視文內之發文日期與送達日期或封套郵戳日期是否相稱，如相隔時日較長時，應在文面註明收到日期。⑶公文附件如屬現金、有價證券、貴重或大宗物品，應先送出納單位或承辦單位點收保管，並於文內附件右側簽章證明。⑷附件應不與公文分離爲原則，由總收文人員裝訂於文後隨文附送；附件較多或不便裝訂者，應裝袋附於文後，並書明○○號附件字樣。⑸附件未到而公文先到者，應俟附件到齊後再分辦；公文如爲急要文件，可先送承辦單位簽辦，其附件如逾正常時間未寄到時，應速洽詢。⑹來文如屬訴願案、訴訟案、人民陳情案或申請案等，且有封套者，其封套應釘附於文後，以備查考；郵寄公文之封套所貼郵票，不得剪除。⑺來文如有誤投，應退還原發文機關；其有時間性者得代爲轉送，並通知原發文機關。⑻機密文件經機關首長指定之處理人員拆封後，如須送總收文登錄掛號者，應在原文加註「本件陳奉親拆」或「本件由○○○單位拆封」，以資識別。

3.**分文**：分文應注意事項如下：⑴總收文人員收到來文經拆驗後，應彙送分文人員辦理分文。如係電子交換、傳真、電報或外文文電，應按程序收文分辦。⑵分文人員應視公文之時間性、重要性，依本機關之組織與職掌，認定承辦單位並分別在右上角加蓋單位戳後，依序迅確分辦；對來文未區分等級而認定內容確係急要者，應加蓋戳記，以提高承辦人員之注意。⑶來文內容涉及兩個單位以上者，應以來文所敘業務較多或首項業務之主辦單位爲主辦單位，於收辦後再行會辦或協調分辦。⑷來文屬急要文件或案情重大者，應先提陳核閱，然後再照批示分送承辦單位，如認有及時分送必要者，應同時影印分送。⑸機關首長或單位主管交下之公文，分文時應於公文上加註「○○○交下」戳記。

4.**編號、登錄**：編號、登錄應注意事項如下：⑴來文完成分文手續後即在來文正面適當位置加蓋收文日期編號戳，依序編號並將來文機關、文號、附件及案由摘要登錄於總收文登記表，分送承辦單位；急要公文應提前編號登錄分送。⑵總收文登記表之格式，得視機關實際之需要自行製作。⑶總收文號按年順序編號，年度中間如遇機關首長更動時，其編號仍應持續，不另更換。⑷總收文人員於每日下班前兩小時收到之文件，應於當日編號登錄分送承辦單位。⑸機密件應由機關首長指定之處理人員向總收文人員洽取總收文號填入該文件，並在總收文登記表案由欄內註明密不錄由。⑹承辦單位因故遺失業經收文編號之公文，經原發文機關補發後要求補辦收文手續時，仍應沿用原收文日期及原收文號。

5.**傳遞**：傳遞應注意事項如下：⑴在機關內傳遞屬於絕對機密、極機密文件、急要文件或附有大量現金、高額有價證券及貴重物品之公文，應由承辦人員親自持送。⑵文件之遞送除急要文件應隨到隨送外，普通件以每日上下午分批遞送爲原則。

6.**單位收發**：單位收發應注意事項如下：⑴各機關內部單位應視業務需要，指定專人擔任單位收發，並應與文書主管單位及公文稽催單位保持密切聯繫，單位收發以設置一級爲限。⑵單位收發人員收到文書主管單位送來之文件，經點收並登錄後，立即送請主管（或副主管）批示或依其授權分送承辦人員。⑶承辦單位收受之文件，認爲非屬本單位承辦者，應敘明理由經單位主管核閱後，即時由單位收發退回分文人員改分，或逕行移送其他單位承辦並通知分文人員；受移單位如有意見，應即簽明理由陳請首長裁定，不得再行移還，以免輾轉延誤。⑷未經文書單位收文之文件，應登錄送由文書主管單位補辦收文登錄手續。⑸會辦之文件，受會單位應視同速件，並依收發文程序辦理。⑹經核定之存查文件，應銷號後歸檔。

(二)文書核擬

1.擬辦：擬辦文書應注意事項如下：(1)對於單位收發送交之文書，或根據工作分配須辦理者，承辦人員應即行擬辦，並將辦理情形登錄於公文電腦系統或記載於公文登記簿，以備查詢。(2)機關首長或單位主管對主管業務認有辦理文書之必要者，得以手諭或口頭指定承辦人員擬辦。(3)負責主辦某項業務之人員，對其職責範圍內之事件，認爲必須以文書宣達意見或查詢事項時，得自行擬辦。(4)承辦人員對於文書之擬辦，應查明全案經過，依據法令作切實簡明之簽註。依法令規定必須先經會議決定者，應按規定提會處理。法令已有明文規定者，依規定擬稿送核，無法令規定而有慣例者依慣例。適用法令時，依法律優於命令、後法優於前法、特別法優於普通法、後令優於前令及下級機關之命令不得牴觸上級機關之命令等原則處理。(5)處理案件，須先經查詢、統計、核算、考驗、籌備、設計等手續者，應先完成此項手續，如非短時間所能完成時，宜先將原由向對方說明。(6)承辦人員對本案原有文卷或有關資料，應詳予查閱，以爲擬辦處理之依據或參考。此項文卷或資料，必要時應摘要附送主管，作爲核決之參考。(7)簽具意見，應力求簡明具體，不得模稜兩可，或晦澀不清，尤應避免未擬意見而僅用「陳核」或「請示」等字樣，以圖規避責任。(8)重要或特殊案件，承辦人員不能擬具處理意見時，應敘明案情簽請核示或當面請示後，再行簽辦。(9)毋須答復或辦理之普通文件，得視必要敘明案情簽請存查。(10)承辦人員擬辦案件，應依輕重緩急，急要者提前擬辦，其他亦應依序辦理，並均於規定時限完成，不得積壓。(11)承辦人員對於來文或簽擬意見，如情節較繁或文字較長者，宜摘提要點，以眉註方式，書於該段文字旁之空白處，或針對重要文句，以色筆註記，以利核閱。(12)承辦人員對於來文之附件，有抽存待辦之必要者，應於來文上書明「附件抽存」字樣，並簽名或蓋章，附件除書籍等另有指定單位保管者外，應於用畢後歸檔。

2.會商：應先協調會商之文書，應注意事項如下：(1)凡案件與其他機關或單位之業務有關者，應儘量會商。(2)會商方式，應依問題之繁簡難易及案件之輕重緩急，於下列各款斟酌選用之：以電話商詢或面洽、以簽稿送會有關單位、提例會討論、約集有關單位人員定期舉行會議商討、臨時約集有關人員小組會商、自行持稿送會與以書函洽商方式等。

3.**陳核**：應注意事項如下：⑴文件經承辦人員擬辦後，應即分別按其性質，用公文夾遞送主管人員核決，如與其他單位有關者並應先行會商或送會。⑵文書之核決，於稿面適當位置簽名或蓋章辦理，其權責區分如下：、初核者係承辦人員之直接主管。、覆核者係承辦人員直接主管之上級核稿者、會核者係與本案有關之主管人員（如無必要則免送會）。、決定者係依分層負責規定之最後決定人。⑶承辦人員對於承辦文件如未簽擬意見，應交還重擬，再行陳核。⑷承辦人員擬有二種以上意見備供採擇者，主管或首長應明確擇定一種或另批處理方式，不可作模稜兩可之批示。

4.**擬稿**：承辦人員於擬稿（辦稿）時，分別填列下列各點：⑴「文別」：按照公文程式條例之類別及有關規定填列。⑵「速別」：係指希望受文機關辦理之速別。應確實考量案件性質，填列「最速件」或「速件」等，普通件得不必填列。⑶「密等及解密條件或保密期限」：填「絕對機密」、「極機密」、「機密」、「密」，解密條件或保密期限於其後以括弧註記。如非機密件，則不必填列。⑷「附件」：請註明內容名稱、媒體型式、數量及其他有關字樣。⑸「正本」或「副本」：分別逐一書明全銜，或以明確之總稱概括表示；其地址非眾所周知者，請註明。機關內部得以加發「抄件」之方式處理。⑹「承辦單位」：於稿面適當位置註明承辦單位之名稱。⑺「承辦人員」：由承辦人員於稿面適當位置簽名或蓋章，並註明辦稿之年月日時。⑻「收文日期字號」：於稿面適當位置列明「收文日期字號」，如數件併辦者，應將各件之收文號一併填入（各件收文亦一併附於文稿之後），如爲無收文之創稿，則填一「創」字。⑼「分類號」及「保存年限」：於稿面適當位置列明，「保存年限」則參照檔案保存年限之規定填列。

5.**核稿**：應注意事項如下：⑴核稿人員對案情不甚明瞭時，可隨時洽詢承辦人員，或以電話詢問，避免用簽條往返，以節省時間及手續。⑵核稿時如有修改，應注意勿將原來之字句塗抹，僅加勾勒，從旁添註，對於文稿之機密性、時間性、重要性或重要關鍵文字，認爲不當而更改時必須簽章，以示負責。⑶上級主管對於下級簽擬或經辦之稿件，認爲不當者，應就原稿批示或更改，不宜輕易發回重擬。

6.**會稿**：應注意事項如下：⑴凡先簽後稿之案件已於擬辦時會核者，如稿內所敘與會核時並無出入，應不再送會，以節省時間及手續。⑵各單位於其他單位送會之簽稿，如有意見應即提出，如未提出意見，一經會簽，即認爲同意，應共同負責。⑶會稿單位對於文稿有不同意見時，應由主辦單位綜合修改後，再送決定，會銜者亦同。⑷非政策性之緊急文稿，爲爭取時效，得先發後會。

7.**閱稿**：應注意事項如下：⑴簽稿是否相符。⑵前後案情是否連貫。⑶有關單位已否會洽。⑷程式、數字、名稱、標點符號及引用法規條文等是否正確。⑸文字是否通順。⑹措詞是否恰當。⑺有無錯別字。⑻對於文稿內容如有不同意見，應洽商主管單位或承辦人員改定，或加簽陳請長官核示，不宜逕行批改。

8.**判行**：應注意事項如下：⑴文稿之判行按分層負責之規定辦理。⑵宜注意每一文稿之內容，各單位間文稿有無矛盾、重複及不符等情形。⑶對陳判之文稿，認爲無繕發必要尚須考慮者，宜作「不發」或「緩發」之批示。⑷重要文稿之陳判，應由主辦人員或單位主管親自遞送。⑸決行時，如有疑義，應即召集承辦人員及核稿人員研議，即時決定明確批示。

9.**回稿、清稿**：應注意事預如下：⑴稿件於送會或陳判過程中，如改動較多或較爲重大，或有其他原因者，會核或核決人員宜回稿，將稿件退回原承辦人員閱後，再行送繕。⑵文稿增刪修改過多者，應送還原承辦人員清稿。清稿後應將原稿附於清稿之後，再陳核判。其已會核會簽者，不必再會核簽。

㈢發文處理

1.**繕印**：應注意事項如下：⑴各機關文書單位之分繕人員收到判行待發之文稿，應注意稿件之緩急並詳閱文稿上之批註後，再核計字數登錄公文繕校分配表交繕，但由承辦單位製作傳送之電子文稿字數核計方式，由各機關自行訂定。⑵繕印人員對交繕之文稿，如認其不合程式或發現原稿有錯誤或可疑之處時，應先請示主管或向承辦人員查詢洽請改正後再行繕印。⑶繕印文件宜力求避免獨字成行，獨行成頁。遇有畸零字數或單行時，宜儘可能緊湊。⑷繕印公文遇有未編訂發文字號之文稿，儘量先提取發文字號。

2.**校對**：應注意事項如下：⑴公文繕印完畢後應由校對人員負責校對，校對人員應注意繕印公文之格式、內容、標點符號與原稿是否相符。⑵機密及重要文件，應指定專人負責校對。⑶校對人員發現繕印之文件有錯誤時，應退回改正；不影響全文意旨者，得於改正後在改正處加蓋校對章；其以電子文件行之者，該電子檔須一併改正。⑷校對人員如發現原稿有疑義，或有明顯誤漏之處，或機密文書未註記解密條件或保密期限者，應洽承辦人員予以改正；文內之有關數字、人名、地名及時間等應特加注意校對。⑸公文校對完畢，應先檢查受文單位是否相符及附件是否齊全後，於原稿加蓋校對人員章，並於登錄後送監印人員蓋印。⑹重要公文及重要法案經校對人員校對後，宜送請承辦人員複校後再送發。⑺公文以電子文件行之者，校對人員除須核對內容完全一致外，並應注意其橫行格式是否相符，附件是否齊全。⑻校對電子交換文稿，應於校對無誤後，列印全文作爲抄件。

3.**電子交換發文傳送作業**：應注意事項如下：⑴電子交換發文人員發文前應輸入識別碼、通行碼或其它識別方式實施身分辨識程序，並於電腦系統確認相符後，始可進行發文作業。⑵電子交換發文人員應於傳送後，確認電腦系統已發送之訊息。⑶電子交換文稿行文單位兼有電子交換及非電子交換者，應於發送後檢視清單，並得在清單上標明「已電子交換」。⑷公文電子交換後，得於公文原稿加蓋「已電子交換」章戳，並將抄件併同原稿退件或歸檔。⑸電子交換發文人員於傳送後，至遲應於次日在電腦系統檢視發送結果，並爲必要之處理。⑹公文以電子交換者，其發送或登載日期應配合公文上之發文日期立即處理，避免發文日期與發送或登載日期產生落差。

4.**蓋印、簽署**：應注意事項如下：⑴各機關任何文件，非經機關首長或依分層負責規定授權各層主管判發者，不得蓋用印信。⑵監印人員如發現原稿未經判行或有其他錯誤，應即退送補判或更正後再蓋印。⑶監印人員於待發文件檢點無誤後，依下列規定蓋用印信：①發布令、公告、派令、任免令、獎懲令、聘書、訴願決定書、授權狀、獎狀、褒揚令、證明書、執照、契約書、證券、匾額及其他依法規定應蓋用印信之文件，均蓋用機關印信及首長職銜簽字章。②呈：用機關首長全銜、姓名，蓋職章。③函：上行文署機關首長職銜、姓名，蓋職章。平行文蓋職銜簽字章或職章。下行文蓋職銜簽字章。④書函、開會通知單、移文單及一般事務性之通知、聯繫、洽辦等公文，蓋用機關或承辦單位條戳。⑤機關內部單位主管依分層負責之授權，逕行處理事項，對外行文時，由單位主管署名，蓋單位主管職章或蓋條戳。⑥機關首長出缺由代理人代理首長職務時，其機關公文應由首長署名者，由代理人署名。機關首長因故不能視事，由代理人代行首長職務時，其機關公文，除署首長姓名註明不能視事事由外，應由代行人附署職銜、姓名於後，並加註代行二字。機關內部單位基於授權行文，得比照辦理。⑦會銜公文如係發布命令應蓋機關印信，其餘蓋機關首長職銜簽字章。(4)一般公文蓋用機關印信之位置，以在首頁右側偏上方空白處用印為原則，簽署使用之章戳位置則於全文最後。(5)公文及原稿用紙在二頁以上者，其騎縫處均應蓋（印）騎縫章。(6)附件以不蓋用印信為原則，但有規定須蓋用印信者，依其規定。(7)副本之蓋印與正本同，抄本（件）及譯本不必蓋印，但應分別標示「抄本（件）」或「譯本」。(8)文件經蓋印後，由監印人員在原稿加蓋監印人員章，送由發文單位辦理發文手續。(9)不辦文稿之文件，如需蓋用印信時，應先由申請人填具「蓋用印信申請表」，其格式由機關自訂，惟內容應包括申請人簽章、蓋用印信之文別、受文者、主旨、用途、份數及蓋用日期等項目，陳奉核定後，始予蓋用印信。(10)監印人員應備置印信蓋用登記表，對已核定需蓋印之文件，應予登錄並載明（發）文字號，申請表應妥為保存，以備查考。登記表及蓋用印信申請表，於新舊任交接時，應隨同印信專案移交。

5.**編號、登錄**：應注意事項如下：(1)總發文人員對待發之公文，應詳加檢查核對，如有漏蓋印信、附件不全或受文單位不符者應分別退還補辦。(2)各機關之總發文登記表，除採用收發文同號作業方式者外，其格式及製作份數，得視實際需要，自行決定。公文經編號發文後應依序登錄於總發文登記表。

6.**封發**：應注意事項如下：(1)經編號待發之公文，應由專人負責複檢附件是否齊全，文與封是否相符後再封固，並標明速別，登錄後送外收發人員遞送。(2)機密件、最速件或開會通知應於封套上加蓋戳記；機密件應另加外封套，以重保密。

7.**送達或付郵**：應注意事項如下：⑴公文之送達或付郵由外收發人員統一辦理。⑵交換傳遞之公文，應填具送文簿或公文傳遞清單按規定時間、地點集中交換。⑶傳送之公文，應填具送文簿或公文傳遞清單書明送出時間，派專差送達。⑷郵遞公文應依其性質分別填送郵遞清單付郵，郵資及收執應另備登記表登錄，以為郵費報銷之依據。⑸機關內部各單位送發之文件，應以有關公務者為限，由單位收發人員登錄送文簿送交外收發人員遞送。⑹外收發人員應隨時注意登錄有關機關及人員之通訊地址，以便文件之投送。⑺公文封發後，由承辦人員自送時，應由該承辦人員簽章，並自行送達受文單位。

8.**歸檔**：應注意事項如下：⑴收文經批存者，應區分永久保存或定期保存年限，由單位收發登錄後，得依各機關公文處理程序辦理歸檔。⑵發文後之原稿件，除承辦單位註明發後補判、發後補會者應退承辦單位自行辦理後送檔案管理單位點收歸檔外，其餘稿件應隨同總發文登記表送檔案管理單位簽收歸檔。⑶簽稿應原件合併歸檔，若一簽多次辦稿，得影印附卷，並註明原簽所在文號。

六、公文的書寫規範

依民國九十三年十二月一日行政院修正「文書處理手冊」的內容，有關公文的書寫應注意以下五點：

第一，文書製作應採由左至右之橫行格式。

第二，配合國際紙張通行標準，公文採用A4尺寸，便條紙得用A5尺寸。

第三，公文內文，中文字體及併同於中文中使用之標點符號應以**全形**為之。阿拉伯數字、外文字母以及併同於外文中使用之標點符號應以**半形**為之。

第四，分項標號：應另列縮格以全形書寫為「一、二、三……㈠、㈡、㈢……1.、2.、3.……⑴、⑵、⑶……」。

第五，公文書橫式書寫數字使用原則，有四項原則：

一、爲使各機關公文書橫式書寫之數字使用有一致之規範可循，特訂定本原則。

二、數字用語具一般數字意義（如代碼、國民身分證統一編號、編號、發文字號、日期、時間、序數、電話、傳真、郵遞區號、門牌號碼等）、統計意義（如計量單位、統計數據等）者，或以阿拉伯數字表示較清楚者，使用阿拉伯數字。

三、數字用語屬描述性用語、專有名詞（如地名、書名、人名、店名、頭銜等）、慣用語者，或以中文數字表示較妥適者，使用中文數字。

四、數字用語屬法規條項款目、編章節款目之統計數據者，以及引敘或摘述法規條文內容時，使用阿拉伯數字；但屬法規制訂、修正及廢止案之法制作業者，應依「中央法規標準法」、「法律統一用語表」等相關規定辦理。

	用語類別	用法舉例
阿拉伯數字	代號（碼）、國民身分證統一編號、編號、發文字號	ISBN 988-133-005-1、M234567890、附表（件）1、院臺秘字第 0930086517 號、臺 79 內字第 095512 號
	序數	第 4 屆第 6 會期、第 1 階段、第 1 優先、第 2 次、第 3 名、第 4 季、第 5 會議室、第 6 次會議紀錄、第 7 組
	日期、時間	民國 93 年 7 月 8 日、93 年度、21 世紀、公元 2000 年、7 時 50 分、挑戰 2008：國家發展重點計畫、520 就職典禮、72 水災、921 大地震、911 恐怖事件、228 事件、38 婦女節、延後 3 週辦理
	電話、傳真	（02）3356-6500
	郵遞區號、門牌號碼	100 台北市中正區忠孝東路 1 段 2 號 3 樓 304 室
	計量單位	150 公分、35 公斤、30 度、2 萬元、5 角、35 立方公尺、7.36 公頃、土地 1.5 筆
	統計數據（如百分比、金額、人數、比數等）	80% 、3.59% 、6 億 3,944 萬 2,789 元、639,442,789 人、1：3
	法規條項款目、編章節款目之統計數據	事務管理規則共分 15 編、415 條條文
	法規內容之引敘或摘述	依兒童福利法第 44 條規定：「違反第 2 條第 2 項規定者，處新臺幣 1 千元以上 3 萬元以下罰鍰。」兒童出生後 10 日內，接生人如未將出生之相關資料通報戶政及衛生主管機關備查，依兒童福利法第 44 條規定，可處 1 千元以上、3 萬元以下罰鍰。
中文數字	描述性用語	一律、一致性、再一次、一再強調、一流大學、前一年、一分子、三大面向、四大施政主軸、一次補助、一個多元族群的社會、每一位同仁、一支部隊、一套規範、不二法門、三生有幸、新十大建設、國土三法、組織四法、零歲教育、核四廠、第一線上、第二專長、第三部門、公正第三人、第一夫人、三級制政府、國小三年級

	用語類別	用法舉例
中文數字	專有名詞（如地名、書名、人名、店名、頭銜等）	九九峰、三國演義、李四、五南書局、恩史瓦第三世
	慣用語（如星期、比例、概數、約數）	星期一、週一、正月初五、十分之一、三讀、三軍部隊、約三、四天、二三百架次、幾十萬分之一、七千餘人、二百多人
	法規制訂、修正及廢止案之法制作業公文書（如令、函、法規草案總說明、條文對照表等）	行政院令：修正「事務管理規則」第一百十一條條文。 行政院函：修正「事務管理手冊」財產管理第五十點、第五十一點、第五十二點，並自中華民國九十三年二月十六日生效……。 「〇〇法」草案總說明：……爰擬具「〇〇法」草案，計五十一條。 關稅法施行細則部分條文修正草案條文對照表之「說明」欄－修正條文第十六條之說明：一、關稅法第十二條第一項計算關稅完稅價格附加比例已減低為百分之五，本條第一項爰予配合修正。

七、公文的電腦化作業功能與作業流程

文書處理及檔案管理電腦化作業，包括從電腦輔助承辦人製作公文之文書製作、文書處理過程之流程管理、檔管介面、透過通信網路進行公文傳遞交換，另提供電腦化作業之檔案備份、檔案重整、作業權限設定等系統維護功能(如圖一)。

現行文書處理流程如圖二所示。

（圖一）↓

（圖二：現行文書處理流程）←

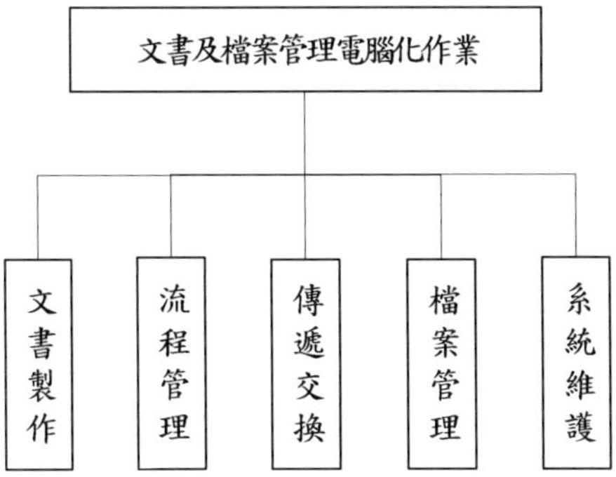

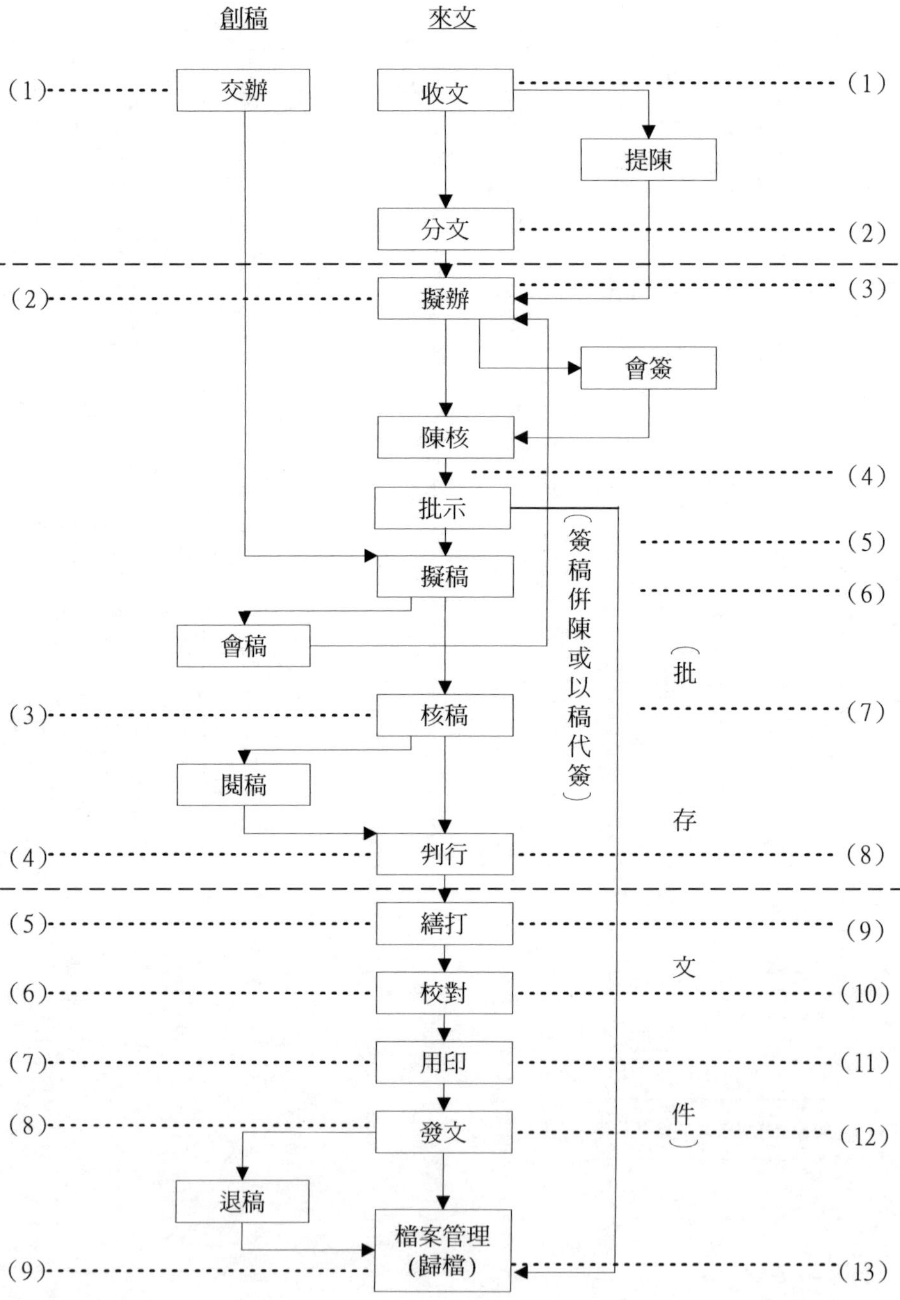
創稿
來文
(1)
交辦
收文
(1)
提陳
分文
(2)
(2)
擬辦
(3)
會簽
陳核
(4)
批示
(簽稿併陳或以稿代簽)
(5)
擬稿
(6)
會稿
(批存文件)
(3)
核稿
(7)
閱稿
(4)
判行
(8)
(5)
繕打
(9)
(6)
校對
(10)
(7)
用印
(11)
(8)
發文
(12)
退稿
檔案管理(歸檔)
(9)
(13)

八、公文的結構與作法

(一)公文的結構

依現行《公文程式條例》的規定與方便電子公文交換，一般的公文結構可以分爲下列八項：

1. **發文機關全銜及文別**：書寫發文機關的全銜，可使承辦人員瞭解公文的主體，文別可以明白公文的類別。
2. **發文機關地址與聯絡資料**：應留下地址、電話、電子郵件及傳真號碼，可以方便承辦人員的處理。
3. **受文者**：這是行文的對象，通常寫於發文者之後，一如發文者，也應書寫全銜。但受文者，如果是所屬機關或內部單位則可以用簡稱，例如教育部高教司。
4. **速別**：一般分爲最速件、速件、普通件。
5. **密等及解密條件**：這是文書保密的等級，分爲絕對機密、極機密、機密、密。至於解密條件列於其後。
6. **發文日期及字號**：任何公文的時效性有法律依據，發文日期必須以國曆年月日記載，而標記字號，可方便各機關的分文以及日後的查驗與歸檔。
7. **附件**：，公文一旦有附件，必須在本文或「附件」欄中註明。若附件數量在二件以上時，應標明數字。
8. **正文、副本**：正文是公文的主體。副本的內容、形式與正本一樣，其內容亦應予以配合。

(二)公文的分段要領

分段要領如下：

1. **主旨**：(1)爲全文精要，以說明行文目的與期望，應力求具體扼要。(2)「主旨」不分項，文字緊接段名冒號之下書寫。
2. **說明**：(1)當案情必須就事實、來源或理由，作較詳細之敘述，無法於「主旨」內容納時，用本段說明。本段段名，可因公文內容改用「經過」、「原因」等名稱。⑵如無項次，文字緊接段名冒號之下書寫；如分項條列，應另列縮格書寫。

3.**辦法**：⑴向受文者提出之具體要求無法在「主旨」內簡述時，用本段列舉。本段段名，可因公文內容改用「建議」、「請求」、「擬辦」、「核示事項」等名稱。⑵其分項條列內容過於繁雜、或含有表格型態時，應編列爲附件。

㈢公文的製作要領

1.公布法律、發布法規命令、解釋性規定與裁量基準之行政規則及人事命令：

⑴公布法律、發布法規命令、解釋性規定與裁量基準之行政規則：

①令文可不分段，敘述時動詞一律在前，例如：

甲、訂定「○○○施行細則」。

乙、修正「○○○辦法」第○條條文。

丙、廢止「○○○辦法」。

②多種法律之制定或廢止，同時公布時，可併入同一令文處理；法規命令之發布，亦同。

③公、發布應以刊登政府公報或新聞紙方式爲之，並得於機關電子公布欄公布。必要時，並以公文分行各機關。

⑵人事命令：

①人事命令：任免、遷調、獎懲。

②人事命令格式由人事主管機關訂定，並應遵守由左至右之橫行格式原則。

2.函：

⑴行政機關之一般公文以「函」爲主，函的結構，採用「主旨」、「說明」、「辦法」三段式。

(2)行政規則以函檢發，多種規則同時檢發，可併入同一函內處理，其方式以公文分行或登載政府公報或機關電子公布欄。

3.公告：

(1)公告之結構分爲「主旨」、「依據」、「公告事項」（或說明）三段，段名之上不冠數字，分段數應加以活用，可用「主旨」一段完成者，不必勉強湊成二段、三段。

(2)公告分段要領：

①「主旨」應扼要敘述，公告之目的和要求，其文字緊接段名冒號之下書寫。公告登載時，得用較大字體簡明標示公告之目的，不署機關首長職稱、姓名。

②「依據」應將公告事件之原由敘明，引據有關法規及條文名稱或機關來函，非必要不敘來文日期、字號。有兩項以上「依據」者，每項應冠數字，並分項條列，另列低格書寫。

③「公告事項」（或說明）應將公告內容分項條列，冠以數字，另列低格書寫。使層次分明，清晰醒目。公告內容僅就「主旨」補充說明事實經過或理由者，改用「說明」爲段名。公告如另有附件、附表、簡章、簡則等文件時，僅註明參閱「某某文件」，公告事項內不必重複敘述。

(3)一般工程招標或標購物品等公告，得用定型化格式處理，免用三段式。

(4)公告除登載於機關電子公布欄者外，張貼於機關公布欄時，必須蓋用機關印信，於公告兩字右側空白位置蓋印，以免字跡模糊不清。

4.其他公文：

(1)書函之結構及文字用語比照「函」之規定。

(2)定型化表單之格式由各機關自行訂定，並應遵守由左至右之橫行格式原則。

(四)公文的用語規定

公文用語規定如下：

1.期望及目的用語，得視需要酌用「請」、「希」、「查照」、「鑒核」或「核示」、「備查」、「照辦」、「辦理見復」、「轉行照辦」等。

2.准駁性、建議性、採擇性、判斷性之公文用語，必須明確肯定。

3.直接稱謂用語：

(1)有隸屬關係之機關：上級對下級稱「貴」，下級對上級稱「鈞」，自稱「本」。

(2)對無隸屬關係之機關：上級稱「大」，平行稱「貴」，自稱「本」。

(3)對機關首長間：上級對下級稱「貴」，自稱「本」，下級對上級稱「鈞長」，自稱「本」。

(4)機關（或首長）對屬員稱「台端」。

(5)機關對人民稱「先生」、「女士」或通稱「君」、「台端」；對團體稱「貴」，自稱「本」。

(6)行文數機關或單位時，如於文內同時提及，可通稱爲「貴機關」或「貴單位」。

4.間接稱謂用語：

(1)對機關、團體稱「全銜」或「簡銜」，如一再提及，必要時得稱「該」；對職員稱「職稱」。

(2)對個人一律稱「先生」、「女士」或「君」。

(五)公文簽、稿的撰擬

1.簽稿之一般原則：

(1)性質：

①簽爲幕僚處理公務表達意見，以供上級瞭解案情、並作抉擇之依據，分爲下列兩種：

甲、機關內部單位簽辦案件：依分層授權規定核決，簽末不必敘明陳某某長官字樣。
乙、下級機關首長對直屬上級機關首長之「簽」，文末得用敬陳○○長官字樣。

②「稿」為公文之草本，依各機關規定程序核判後發出。

(2)擬辦方式：

①先簽後稿：

甲、制定、訂定、修正、廢止法令案件。
乙、有關政策性或重大興革案件。
丙、牽涉較廣，會商未獲結論案件。
丁、擬提決策會議討論案件。
戊、重要人事案件。
己、其他性質重要必須先行簽請核定案件。

②簽稿併陳：

甲、文稿內容須另為說明或對以往處理情形須酌加析述之案件。
乙、依法准駁，但案情特殊須加說明之案件。
丙、須限時辦發不及先行請示之案件。

③以稿代簽為一般案情簡單，或例行承轉之案件。

2.簽之撰擬：

(1)款式：

①先簽後稿：簽應按「主旨」、「說明」、「擬辦」三段式辦理。
②簽稿併陳：視情形使用「簽」，如案情簡單，可使用便條紙，不分段，以條列式簽擬。

③一般存參或案情簡單之文件，得於原件文中空白處簽擬。

⑵撰擬要領：

①「主旨」：扼要敘述，概括「簽」之整個目的與擬辦，不分項，一段完成。

②「說明」：對案情之來源、經過與有關法規或前案，以及處理方法之分析等，作簡要之敘述，並視需要分項條列。

③「擬辦」：爲「簽」之重點所在，應針對案情，提出具體處理意見，或解決問題之方案。意見較多時分項條列。

④「簽」之各段應截然劃分，「說明」一段不提擬辦意見，「擬辦」一段不重複「說明」。

⑶本手冊所訂「簽」之作法舉例，下級機關首長對直屬上級機關首長行文時應一致採用，至各機關內部單位簽辦案件得參照自行規定。

3. 稿之撰擬：

⑴草擬公文按文別應採之結構撰擬。

⑵撰擬要領：

①按行文事項之性質選用公文名稱，如「令」、「函」、「書函」、「公告」等。

②一案須辦數文時，請參考下列原則辦理：

甲、設有幕僚長之機關，分由機關首長及幕僚長署名之發文，分稿擬辦。

乙、一文之受文者有數機關時，內容大同小異者，同稿併敘，將不同文字列出，並註明某處文字針對某機關；內容小同大異者，用同一稿面分擬，如以電子方式處理者，可用數稿。

③「函」之正文，除按規定結構撰擬外，並請注意下列事項：

甲、訂有辦理或復文期限者，請在「主旨」內敘明。

乙、承轉公文，請摘敘來文要點，不宜在「稿」內書：「照錄原文，敘至某處」字樣，來文過長仍請儘量摘敘，無法摘敘時，可照規定列爲附件。

丙、概括之期望語「請核示」、「請查照」、「請照辦」等，列入「主旨」，不在「辦法」段內重複；至具體詳細要求有所作爲時，請列入「辦法」段內。

丁、「說明」、「辦法」分項條列時，每項表達一意。

(六)法律統一用字表（中華民國六十二年三月十三日立法院第五十一會期第五次會議及第七十八會期第十七次會議認可）

用字舉例	統一用字	曾見用字	說明
公布、分布	布	佈	
徵兵、徵稅、稽徵	徵	征	
部分、身分	分	份	
帳、帳目、帳戶	帳	賬	
韭菜	韭	韮	
礦、礦物、礦藏	礦	鑛	
釐訂、釐定	釐	厘	
使館、領館、圖書館	館	舘	
穀、穀物	穀	谷	
行蹤、失蹤	蹤	踪	
妨礙、障礙、阻礙	礙	碍	
賸餘	賸	剩	
占、占有、獨占	占	佔	

用字舉例	統一用字	曾見用字	說明
牴觸	牴	抵	
雇員、雇主、雇工	雇	僱	名詞用「雇」
僱、僱用、聘僱	僱	雇	動詞用「僱」
贓物	贓	臟	
黏貼	黏	粘	
計畫	畫	劃	名詞用「畫」
策劃、規劃、擘劃	劃	畫	動詞用「劃」
蒐集	蒐	搜	
菸葉、菸酒	菸	煙	
儘先、儘量	儘	盡	
麻類、亞麻	麻	蔴	
電表、水表	表	錶	
擦刮	刮	括	
拆除	拆	撤	
磷、硫化磷	磷	燐	
貫徹	徹	澈	
澈底	澈	徹	
祇	祇	只	副詞
並	並	并	連接詞
聲請	聲	申	對法院用「聲請」
申請	申	聲	對行政機關用「申請」
關於、對於	於	于	
給與	與	予	給與實物

給予、授予	予	與	給予名位、榮譽等抽象事物
紀錄	紀	記	名詞用「紀錄」
記錄	記	紀	動詞用「記錄」
事蹟、史蹟、遺蹟	蹟	跡	
蹤跡	跡	蹟	
糧食	糧	粮	
覆核	覆	複	
復查	復	複	
複驗	複	復	

(七)法律統一用語表（中華民國六十二年三月十三日立法院第五十一會期第五次會議認可）

統一用語	說明
「設」機關	如：「教育部組織法」第五條：「教育部設文化局，……」。
「置」人員	如：「司法院組織法」第九條：「司法院置秘書長一人，特任。……」。
「第九十八條」	不寫爲：「第九八條」。
「第一百條」	不寫爲：「第一00條」。
「第一百十八條」	不寫爲：「第一百『一』十八條」。
「自公布日施行」	不寫爲：「自公『佈』『之』日施行」。
「處」五年以下有期徒刑	自由刑之處分，用「處」，不用「科」。
「科」五千元以下罰金	罰金用「科」不用「處」，且不寫爲：「科五千元以下『之』罰金」。
「處」五千元以下罰鍰	罰鍰用「處」不用「科」，且不寫爲：「處五千元以下『之』罰鍰」。（鍰ㄏㄨㄢˊ，金錢）
準用「第○條」之規定	法律條文中，引用本法其他條文時，不寫「『本法』第○條」而逕書「第○條」。如：「違反第二十條規定者，科五千元以下罰金」。

「第二項」之未遂犯罰之	法律條文中，引用本條其他各項規定時，不寫「『本條』第○項」，而逕書「第○項」。如刑法第三十七條第四項「依第一項宣告褫奪公權者，自裁判確定時發生效力。」
「制定」與「訂定」	法律之「創制」，用「制定」；行政命令之制作，用「訂定」。
「製定」、「製作」	書、表、證照、冊據等，公文書之製成用「製定」或「製作」，即用「製」不用「制」。
「一、二、三、四、五、六、七、八、九、十、百、千」	法律條文中之序數不用大寫，即不寫為「壹、貳、參、肆、伍、陸、柒、捌、玖、佰、仟」。
「零、萬」	法律條文中之數字「零、萬」不寫為：「0、万」。

(八)標點符號用法表

符號	名稱	用法	舉例
。	句號	用在一個意義完整文句的後面。	公告○○商店負責人張三營業地址變更。
，	逗號	用在文句中要讀斷的地方。	本工程起點為仁愛路，終點為……
、	頓號	用在連用的單字、詞語、短句的中間。	(1)建、什、田、旱等地目…… (2)河川地、耕地、特種林地等…… (3)不求報償、沒有保留、不計任何代價……
；	分號	用在下列文句的中間： (1)並列的短句。 (2)聯立的復句。	(1)知照改為查照；遵辦改為照辦；遵照具報改為辦理見復。 (2)出國人員於返國後1個月內撰寫報告，向○○部報備，否則限制申請出國。
：	冒號	用在有下列情形的文句後面： (1)下文有列舉的人、事、物、時。 (2)下文是引語時。 (3)標題。 (4)稱呼。	(1)使用電話範圍如次：(1)……(2)…… (2)接行政院函： (3)主旨： (4)○○部長：

？	問號	用在發問或懷疑文句的後面。	(1)本要點何時開始正式實施爲宜？ (2)此項計畫的可行性如何？
！	驚歎號	用在表示感嘆、命令、請求、勸勉等文句的後面。	(1)……又怎能達成這一爲民造福的要求！ (2)來努力創造我們共同的事業、共同的榮譽！
「」『』	引號	用在下列文句的後面，（先用單引，後用雙引）： (1)引用他人的詞句。 (2)特別著重的詞句。	(1)總統說：「天下只有能負責的人，才能有擔當」。 (2)所謂「效率觀念」已經爲我們所接納。
——	破折號	表示下文語意有轉折或下文對上文的註釋。	(1)各級人員一律停止休假——即使已奉准有案的，也一律撤銷。 (2)政府就好比是一部機器——一部爲民服務的機器。
……	刪節號	用在文句有省略或表示文意未完的地方。	憲法第五十八條規定，應將提出立法院的法律案、預算案……提出於行政院會議。
（）	夾註號	在文句內要補充意思或註釋時用的。	(1)公文結構，採用「主旨」「說明」「辦法」（簽呈爲「擬辦」）三段式。 (2)臺灣光復節（十月二十五日）應舉行慶祝儀式。

九、公文紙格式與公文範例

㈠公文紙格式

附件一：公文紙格式

附件一：公文紙格式

2.5cm

檔號：
保存年限：

（機關全銜）（文別）

（會銜公文機關排序：主辦機關、會辦機關）

機關地址：（會銜公文列主辦機關，令、公告不須此項）
聯絡方式：（會銜公文列主辦機關，令、公告不須此項）

（郵遞區號）
（地址）

受文者：（令、公告不須此項）
發文日期：
發文字號：（會銜公文機關排序：主辦機關、會辦機關）
速別：（令、公告不須此項）
密等及解密條件或保密期限：（令、公告不須此項）
附件：（令不須此項）

裝

1.5cm 1cm

2.5cm

（本文）（令：不分段
公告：主旨、依據、公告事項三段式
函、書函等：主旨、說明、辦法三段式）

正本：（令、公告不須此項）
副本：（含附件者註明：含附件或含○○附件）

訂

（蓋章戳）

[會銜公文：按機關排序蓋用機關首長簽字章
令：蓋用機關印信、機關首長簽字章
公告：蓋用機關印信、機關首長簽字章
函：上行文－署機關首長職銜蓋職章
平、下行文－機關首長簽字章
書函、一般事務性之通知等：蓋機關（單位）條戳]

線

2.5cm

第　頁（共　頁）

公文用印及蓋章戳參考範例

檔　號：
保存年限：

行政院　函

地址：　000臺北市〇〇路000號
聯絡方式：（承辦人、電話、傳真、e-mail）

100
臺北市〇〇區〇〇〇路〇段000號
受文者：臺北市政府

印　　信
（限：令、公告使用）

發文日期：中華民國〇年〇月〇日
發文字號：〇〇字第〇〇〇〇〇〇〇〇〇〇〇〇號
速別：最速件
密等及解密條件或保密期限：
附件：

裝

主旨：為杜流弊，節省公帑，各項營繕工程，應依法公開招標，並不得變更設計及追加預算，請　轉知所屬機關學校照辦。

說明：

一、依本院〇年〇月〇日第〇〇次會議決議辦理。

二、據查目前各級機關學校對營繕工程仍有未按規定公開招標之情事，或施工期間變更原設計，以及一再請求追加預算，致弊端叢生，浪費公帑。

辦法：

訂

一、各機關學校對營繕工程應依法公開招標，並按「政府採購法」及相關法令辦理。

二、各單位之工程應將施工圖、設計圖、契約書、結構圖、會議紀錄等工程資料，報請上級單位審核，非經核准，不得變更原設計及追加預算。

正本：臺灣省政府、福建省政府、臺北市政府、高雄市政府
副本：行政院主計處、行政院秘書處

線

院長　〇　〇　〇

會辦單位：

第　層決行

承辦單位	會辦單位	決行
科員〇　〇　〇	科員〇　〇　〇	副　秘　書　長
07230800	07231100	07231425
		秘　書　長
07230810	07231105	07231455
		副　市　長
07230815	07231110	07231555
		市長〇　〇　〇
07230915		07231610
07230945		
局長〇　〇　〇		
07231000		

註記：簽署原則由左而右，由上而下簽

說明：有關檔號、保存年限、收文日期、收文字號、承辦單位、簽名、批示、會稿單位、繕打、校對、監印、電子公文交換機制及其他安全控管等項目，由各機關於空白處自行規定填寫位置。

函作法舉例

檔號：
保存年限：

經濟部　函

機關地址：台北市福州街 15 號
聯 絡 人：〇〇〇
聯絡電話：(〇〇) 〇〇〇〇〇〇〇〇
電子郵件：〇〇〇〇〇〇@moea.gov.tw
傳　　真：(〇〇) 〇〇〇〇〇〇〇〇

100
台北市〇〇區〇〇〇路〇段〇〇〇號

受文者：〇〇〇股份有限公司

發文日期：中華民國 93 年〇〇月〇〇日
發文字號：經〇字第 093〇〇〇〇〇〇〇〇〇號
速別：最速件
密等及解密條件或保密期限：
附件：如文

主旨：本部已於 93 年〇月〇〇日以經〇字第 093〇〇〇〇〇〇〇〇號函廢止「憑證實務作業基準應載明事項」，請　查照。

說明：

一、檢附「憑證實務作業基準應載明事項」廢止令影本 1 份。

二、按「憑證實務作業基準應載明事項準則」，業經本部於 93 年〇月〇日以經〇字第 093〇〇〇〇〇〇〇〇〇號令訂定發布在案，爰廢止旨揭「憑證實務作業基準應載明事項」。

正本：經濟部商業司、經濟部技術處、經濟部法規會、〇〇〇股份有限公司『台北市〇〇區〇〇〇路〇段〇〇〇號』

副本：司法院秘書處、行政院衛生署、行政院經濟建設委員會、行政院研究發展考核委員會、行政院農業委員會、行政院公平交易委員會、行政院消費者保護委員會、行政院秘書處、行政院法規委員會、法務部、外交部、內政部、國防部、財政部、教育部、資策會科技法律中心（均含附件）

部長　何〇〇

裝

訂

線

簽作法舉例（下級機關首長對上級機關首長用）

檔　號：
保存年限：

簽 於（機關或單位）

主旨：○○部為亞洲開發銀行請撥付亞洲蔬菜研究發展中心補助新臺幣○○○元，擬准動支本年度第二預備金，簽請　核示。

說明：○○部函為○○銀行以亞洲開發銀行請自該行B帳戶我國繳付本國幣股本內支付亞洲蔬菜研究發展中心新臺幣○○○元，業已先行墊撥，上項亞洲蔬菜研究發展中心補助費，本年度未列預算，既由○○銀行墊付，請准在○○年度第二預備金項下撥還歸墊。又本案事關涉外重要案件，特專案簽辦。

擬辦：擬准照○○部所請在本年度中央政府總預算第二預備金項下動支。

敬陳

副○長

○　長

○　○　○（蓋職章）（日期及時間）

會辦單位：

第　層決行		
承辦單位	會辦單位	決行

註記：簽署原則由左而右，由上而下簽

條碼位置
流水號位置

裝
訂
線

檔　號：
保存年限：

裝

訂

線

行政院研究發展考核委員會　函（稿）

地址：台北市中正區濟南路一段 2-2 號 6 樓
聯絡方式：02-23942165

受文者：

發文日期：中華民國　年　月　日
發文字號：　字第　號
速別：最速件
密等及解密條件或保密期限：普通
附件：議程資料

主旨：本會訂於本（93）年 7 月 14、15 日分梯次辦理「推動公文橫式書寫資訊作業研習營」，惠請派員參加，請　查照。

說明：

一、依據「公文橫式書寫資訊作業實施計畫」第五點實施方式暨推動時程之（三）辦理。

二、檢附本次研習營議程資料詳如附，請　貴機關依規定梯次指派文書、檔案主管人員及研考、資訊主辦人員各一名，至電子化公文入口網(http://www.good.nat.gov.tw)最新消息中，點選「推動公文橫式書寫資訊作業研習營」，填寫報名資料。

正本：總統府第二局、行政院秘書處、立法院秘書處、司法院秘書處、考試院秘書處、監察院秘書處、行政院各部會行處局署暨省市政府、各縣市政府
副本：檔案管理局、本會資訊管理處、公文 G2B2C 資訊服務中心、資訊工業策進會電子商務研究所、傑印資訊股份有限公司、精融網路科技股份有限公司、敦陽科技股份有限公司（均含附件）

第一頁　共一頁

第九課　現代會議文書

一、現代會議文書的意義與種類

國父孫中山先生在《民權初步》中說：「一人謂之獨思，二人謂之對話，三人以上循有一定之規則，研究事理，達成決議，解決問題，以收群策群力之效者，才能稱爲會議。」在我國內政部訂定的《會議規範》中曾對「會議」一詞有過明確的解釋：「三人以上，循一定之規則，研究事理，達成決議，解決問題，以收群策群力之效者，謂之會議。」現代民主法治的社會，就是民意主導的會議政治，任何人都可能會出席各種不同形式的會議，並且在會議中擔任不同的角色。因此，身爲現代國民，應對會議的召開與進行的程序，要有一定程度的瞭解。

所謂的會議文書，即是召開會議中所可能使用的文書，可以分爲下列八種：

第一，**開會通知**：會議的召開必須要有三人以上參與，因此事先應發出通知。

第二，**簽到簿**：提供出席人員簽到使用，主要是統計出席人數與證明會議的合法性之出席人數。

第三，**委託書**：若接到開會通知而未能出席者，可委託他人代表出席所使用的文書。

第四，**議程**：又稱爲「議事日程」，這是開會前預先擬妥的會議程序。

第五，**會議紀錄**：以書面紀錄會議進行的內容，經討論或投票的過程之後，就必須予以執行其結論。

第六，**開會程序**：這是開會的秩序與儀式，多用於各式慶典活動或紀念會。

第七，討論提案：也稱爲議案，凡出席者可事先提出書面的提案，經一定人數的附署，可提交大會討論。

第八，選擇票：以投票的方式決定人選或通過議案，可製作選舉票。

二、會議規範（中華民國五十四年七月二十號內民字第一七八六二八號公佈施行）

第一條（會議之定義）

三人以上，循一定之規則，研究事理，達成決議，解決問題，以收群策群力之效者，謂之會議。

第二條（適用範圍）

本規範於下列會議均適用之：

㈠議事在尋求多數意見並以整個會議名義而決議者，如各級議事機關之會議，各級行政機關之會議，各種人民團體之會議，各種企業組織之股東大會及理監事會議等。

㈡議事在集思廣益提供意見而爲建議者，如各種審查會、處理附委案件之委員會等。

各機關對其首長交議或提供意見之幕僚會議，得準用前項之規定。

第三條（會議之召集）

除各該會議另有規定外，依下列規定行之：

㈠各種永久性集會之成立會，及各種臨時性集會，由發起人或籌備人召集之。

㈡永久性集會之各次常會，或其臨時會議，由其負責人（如主席、議長、會長、理事長等）召集之。

㈢永久性集會每屆改選後之第一次會議，如議事機關之常設委員會，或各種組織及人民團體之理監事會等，由當選人中得票最多者，或前屆負責人召集之。召集人應根據路程遠近及交通情形，於適當時間前將開會事由、時間及地點通知各出席人或公告之；可能時，並附送議程及有關資料。

第四條（開會額數）

各種會議之開會額數，依下列規定：

㈠永久性集會得自定其開會額數。如無規定，以出席人數超過應到人數之半數，始得開會。

前款應到人數，以全體總數減除因公、因病人數計算之。

㈡處理議案之委員會，應有全體委員通過半數之出席，始得開會。

㈢會員無定額者不受開會額數之限制。

第五條（不足額問題）

開會時間已至，不足開會額數者，得宣佈延長之，延長兩次仍不足額時，主席應宣告延會，或改開談話會。

因出席人缺席至未達開會額數者，如有候補人列席，應依次遞補。如遞補後仍不足額，影響成會連續兩次者，應於第二次延會前，由出席人過半數之決議，決定第三次開會日期，預先以書面加敘經過，通知全體出席人，第三次開會時，如仍未達開會額數，但實到人數達三分之一以上者，得以實到人數開會，並得對無故不出席者，爲處分之決議。必要時得決議改組或改選前向候補人遞補後，得臨時行使第廿條出席人之權利。

以上各項，各該會議另有規定者，從其規定。

第六條（談話會）

因天災人禍，須爲緊急處理，而出席人數因故未達開會額數者，得開談話會，依出席人三分之二以上之同意，作成決議行之，但該項決議應於會後儘速通知爲出席人，並須於下次正式會議，提出追認之。

第七條（開會後缺額問題）

會議進行中，經主席或出席人提出數額問題時，主席應立即按鈴，或以其他方法，催促暫時離席之人，回至議席，並清點在場人數，如不足額，主席應宣佈散會或改開談話會，但無人提出數額問題時，會議仍照常進行。在談話會中，如已足開會額數時，應繼續進行會議。

第八條（會議程序）

開會應於事先編制會議程序，其項目如下：

㈠由主席或臨時主席（發起人或籌備人）報告出席人數，並宣佈開會：

1.推選主席。（由臨時主席宣佈開會者，應正式推選主席，但臨時主席得當選爲主席。）

2.主席報告議程，及各項程序預定之時間。（以另印發議事日程者，此項從略。）

3.主席報告議程後，應徵詢出席人有無異議，如無異議，即爲認可；如有異議，應提付討論及表決。

㈡報告事項：

1.宣讀上次會議紀錄。（如係第一次會議此項從略）

2.報告上次會議決議案執行情形。（無此項報告者從略）

3.委員會或委員報告。（無此項報告者從略）

4.其他報告。（如有其他各種報告，應將報告之事或報告人，一一列舉，無則從略）

5.以上各款報告完畢後，得對上次決議之情形，或其他會務進行情形，檢討其利弊得失，及其改進之方法。

㈢討論事項：

1.前會遺留之事項。（如前會有未完之事項，或指定之事項，須於本次會議討論者，應將其一一列舉，如無此種事項者，從略）

2.本次會議預定討論之事項。（應將各預定討論事項一一列舉）

3.臨時動議。

4.選舉。（如有必要，此項得移於討論事項之前）

5.散會。

各該會議如已設置紀錄委員會者，本條第二項第一目從略。會議紀錄，如未失去機密性質者，應在祕密會中宣讀。

第九條（來賓演講及介紹）

開會時來賓演講，應以事先特約者爲限，並以一人爲宜，演講題目，得先約定，並通知各出席人，或公告之。到會來賓，毋須一一演講，但如有必要，得由主席向會眾簡要介紹。

第十條（致敬及慰問）

凡以會議名義，對個人或團體致敬或慰問，應經正式動議及表決，於會後以簡要文字表達之。

第十一條（議事紀錄）

開會應備置議事紀錄，其主要項目如下：

1. 會議名稱及會次。
2. 會議時間。
3. 會議地點。
4. 出席人姓名及人數。
5. 列席人姓名。
6. 請假人姓名。
7. 主席姓名。
8. 紀錄姓名。
9. 報告事項。
10. 選舉事項，選舉方法，票數及結果。（無此項目者，從略）
11. 討論事項，表決方法及結果。
12. 其他重要事項。

議事紀錄應由主席及紀錄分別簽署。

各該會議得設置紀錄委員會，專司核對紀錄事宜，如有異議，應向大會提出報告。

第十二條（紀錄人員）

會議之紀錄人員，除各該會議另有規定外，得由主席指定，或由會議推選之。

第十三條（紀錄人員之發言權與表決權）

會議之紀錄，如係由會員兼任者，有發言權與表決權。

第十四條（處分之決議）

會眾有下列情形之一者，得經出席人之提議，過半數之通過爲處分之決議。如情節重大，得由大會成立紀律委員會，研議處分辦法，報請大會決定：

1.無故不出席會議，連續兩次以上者。

2.發言違反禮貌，損及其他會眾之人格及信譽者。

3.違反議事規則，不服主席糾正，防礙議場秩序者。

前項處分之決議，以下列各款爲限：

1.將姓名及其事由，列入會議紀錄。

2.停止出席權一次。

3.向會眾或受損害人當面致歉。

二、會議文書的範例

開會通知單用紙格式

2.5cm

檔號：
保存年限：

（機關全銜） 開會通知單

（郵遞區號）
（地址）

受文者：
發文日期：
發文字號：
速別：
密等及解密條件或保密期限：
附件：

裝

開會事由：
1.5cm 1cm 開會時間： 2.5cm
開會地點：
主持人：
聯絡人及電話：

訂

出席者：
列席者：
副本：
備註：

（蓋章戳）

線

第 頁（共 頁）

2.5cm

○○○○○○（單位名稱或會議名稱）第○○次會議紀錄

一、時間：○○年○○月○○日（星期○）○午○時

二、地點：○○○○

三、主席：○○○○○（主席姓氏+職稱+名字）　　記錄：○○○（姓名）

四、出、列席單位及人員：

出席者：○○○○○○（職稱）○○○（姓名）

○○○○○○（職稱）○○○（姓名）

○○○○○○（職稱）○○○（姓名）

○○○○○○（職稱）○○○（姓名）

○○○○○○（職稱）○○○（姓名）

○○○○○○（職稱）○○○（姓名）

○○○○○○（職稱）○○○（姓名）

列席者：○○○○○○（職稱）○○○（姓名）

○○○○○○（職稱）○○○（姓名）

○○○○○○（職稱）○○○（姓名）

五、主席致詞：（略）

六、會議決議：

（一）

（二）

（三）

（四）

（五）

（六）

七、散會：○午○時。

第十課　求職簡報與演講辭

一、求職簡報的內容與報告要領

吾人身處現代工商業社會，無論各行各業都會遇到「求職」的問題，特別是每年五月開始到暑假期間，台灣的各大學部、二技、四技與五專的畢業生，都會投入就業市場，爲自己謀求一份工作。然而，台灣的工商業社會由於諸多原因而造成經濟不景氣，詐騙事件時有所聞，特別是利用大學畢業生急於找到工作的心理，設下了許多求職的陷阱，畢業的同學們不得不知，也不得不提防。因此，面對求職的問題，如何在最短的時間內向他人介紹自己的各種條件與特質，如何簡明扼要的說明自己的專長與專業能力，這就是求職簡報具體的內容，如果以一分鐘自我簡介，對象是面試的主管，目的是求職，口頭報告的內容，可以具備以下六項要點：

第一，**親切的向在場面試主管禮貌性問候**：其實人生的「態度」是決定一切的，以恭謹和順的態度，平實自然的心情，謙遜雍容的精神，專注合宜的舉止，自然會給對方留下美好的第一印象，有時候會超過別人某些學歷、名校名系或專長的競爭，順利的爭取到一份很好的工作。

第二，**專注而微笑的介紹自己的基本背景**：在禮貌性問候之後，可以先簡單的介紹自己那一年畢業的學校科系，值得注意的是校名與科系名稱應該使用全稱，以顯得尊重自己畢業的學校，如果學校並不是如「台大」、「清華」等校如此名聲顯著，可以加上學校所在地，並且以一句話說明學校的特色，增加說服力。

除此以外，介紹自己的成長環境，如從小在台北長大；目前居住的大概地址，如高雄市三民區。其他如家庭背景或個人學習工作經歷等，就視當時的情況而決定是否加以說明。

第三，**以平緩的語氣介紹自己的專長能力與證照**：如果主觀而自信的宣揚自己的專長，容易給別人留下不好的印象，但是以平實緩慢的語氣客觀的說明自己擁有的證照，在無形中那就是流露出堅定的自信。相對的，對於自我認知的專長，若是缺乏客觀的檢定或成績的證明，就容易被別人誤認是自以爲是的驕傲。建議以「我的興趣」爲介紹主軸，後面附帶說明曾經取得的證照或優異成績，如此就會讓人覺得謙虛中有不可忽略的實力，也是比較成熟的介紹方式。

第四，**專注而不卑不亢的回答任何問題的質詢**：在求職面試的場合中，許許多多奇怪的問題，往往是意想不到的，但是事前的準備許多可能被問到問題的答案，這是必須的自我訓練。縱使如此，不要過度的卑微，也不要過度的自信，放鬆心情而冷靜的回答，同時在回答問題時應該簡明扼要，不要太過簡短而顯得不夠成熟，也不要講得太長而顯得浮躁，一切適宜就好。

第五，**配合履歷表與自傳內容說明自己優於別人的特點**：人與人之間，可以將心比心，模擬自己將來也是面試他人的主管，那麼自己會要求面試者什麼呢？同時，配合履歷表與自傳的紙本，面對面的口試，應該展現的是大學畢業生的氣質與成熟度，以及相關的紮實訓練。

第六，**合宜的服裝儀容至為重要**：求職者應以較爲正式的服裝參與面試，因爲服裝儀容也是另一項報告的具體內容，有時候甚至比口頭報告的內容更爲重要，因爲合宜的服裝是一種「態度」，表達自己「尊重對方」的精神，也顯示出自己的品質或品味。此外，特別是女性，透過適宜的化妝與服飾，體現禮貌與敬業的精神，更能突顯自己優雅的氣質，在今日服務觀念至上的工商業社會中，這一點是非常重要的。

二、求職面試的十大陷阱與二十大經典問題

(一)求職面試的十大陷阱

1. **不實的生前契約及推銷靈骨塔**：刊用招募員工之機會，藉機推銷生前契約或靈骨塔。
2. **不實的演藝人員與模特兒經紀公司**：要求求職繳交訓練費、拍照費、海報製作費與宣傳費等費用後，卻從來沒有演出機會或不符基本要求。
3. **不實的生化科技、養生食品與健康器材的推銷**：利用招募員工的面試機會，藉機推銷氣血循環機、中頻電療機、靈芝、胎盤素……等健康器材或健康食品。
4. **不實的多層次傳銷**：刊登徵才廣告，實際上是爲了推銷產品或遊說加入其公司，而且尚未上班就要付一筆錢或付費參加訓練課程。因此，在求職前應上網多瞭解其公司的背景與相關資料。
5. **不實的家庭代工**：名稱爲家庭代工，實際上是爲了販賣其原料，求職者以高價購買原料辛苦完工後，公司藉故不買回成品而白白被騙。
6. **不實的徵人求才**：刊登徵保全員、或西服公司店員、徵儲備人員助理……等，當求職者前來應徵，便請其先訂做制服，繳交制服費，或要求繳保證金，詐騙金錢。
7. **不實的招考補習班**：刊登「公家機關」、「航空公司」招募員工，實爲電腦或空中服務員補習班。
8. **不實的外匯買賣**：利用招募員工，藉機誘使求職者投資地下期貨買賣或假造交易資料以詐騙金錢。
9. **不實的巧立名目苛扣薪資與索取身分證明文件**：苛扣薪資是變相減薪或是榨取勞力的方式之一。
10. **第一次面試當場要求簽下契約或文作**：契約內容多半不利求職者，應存覽五日帶回家細細察看。

(二)求職面試的二十大經典問題

1.你爲什麼想要離開目前的工作?
2.你的期望待遇是多少?
3.你最近找工作時曾應徵什麼職位?面談過那些工作?結果又是如何?
4.談談你最近閱讀的一本書或雜誌。
5.你曾經聽說過我們公司嗎?你對於本公司的第一印象如何?請你說明對本公司的瞭解情況。
6.你目前已經離職了嗎?是否取得離職證明,最快何時可以上班?
7.你爲什麼選擇念○○系?在學校你學習到什麼?那些課程讓你感到興趣?
8.你認爲什麼項目是自己最需要改進的?
9.通常對於別人的善意或惡意的批評,你會有什麼樣的反應?
10.你知道這份工作需要經常加班嗎?你覺得你能配合嗎?
11.你還有繼續念研究所或出國深造的計畫嗎?
12.你爲什麼會考慮接受一份各方面條件都不如目前的工作?
13.你在學校時曾參與那些課外活動或社團?
14.談談求學時期打工的經驗與心得。
15.你在學校時,曾經擔任系上、班上或社團幹部嗎?那是什麼樣的職務?心得如何?
16.談談你自己吧。
17.你有什麼問題想要問嗎?

18. 你覺得自己最大的弱點或缺點是什麼？
19. 你覺得自己最大的優點或專長是什麼？
20. 爲什麼你值得我們雇用你呢？

三、演講辭的擬訂與演講技巧

在今日工商業社會的人際關係中，人與人之間除了書信、公文等應用文類的接觸之外，語言的對談與演講的溝通都是必備的訓練。換句話說，透過演講的表達可以宣揚理念（宣傳性的演講），可以傳達學術思想（學術性的演講）、可以鼓勵高尚的情操（鼓動性的演講）、可以在社交場合中發表適宜的言論（社交性的演講）。同時，演講的內容即是演講辭，配合聲音的語調、手勢、圖表或電腦簡報，就可以呈現一次成功的演講，達到心中設定的目標。因此，實際的演講應該注意十大要點：

第一，**事先擬妥大綱或完整的演講辭**：照稿子唸誦或背稿並不是受歡迎的演講，但是演講前即擬妥演講的大綱卻是十分重要的，因爲那是演講的主題與結構，可以重點的把握內容，不致於臨場的慌亂。初學者應寫出完整的演講稿，並且不斷的以口語試讀修改成通順與優美的言辭，但應避免硬性的死背演講稿，以臨場自然流暢的發揮爲首要目標，這是必須要不斷練習的項目。

第二，**要有充足的自信與勇氣**：初學者在面對眾人時的演講，往往因爲自信心的不足或是過於害羞而顯得不夠成熟，例如伸展台上的模特兒走秀是充滿自信的，面對眾人的演講也應該如此，但是這種自信卻不是驕傲，而是一種平實而篤定的意念，不卑不亢的精神，自然會得到眾人的肯定與支持。

第三，**保持氣定神閒的態度**：演講者的心緒與語言，往往會影響著聽眾，若是能夠保持氣定神閒的態度，自然不會給聽眾帶來壓力，也不會因爲緊張而忘稿或是表現失常，因此平時要練習深而長的呼吸。

第四，**表達成熟思考的獨特觀點**：許多演講並無精彩的內容或是引人入勝的觀點，因此不容易給聽眾留下深刻的印象。相對的，經過成熟的思考後產生的獨特觀點，卻是成功演講的靈魂，也讓人印象深刻。

第五，**善用親切微笑而專注的眼神**：善於演講者，常用親切的微笑拉近講者與觀眾的距離，同時以專注的眼神呼喚觀眾的參與，這也是一種尊重聽講者的一種禮貌，能夠達到互動而良好的溝通。

第六，**善用身體的各種姿勢或電腦簡報等輔助工具**：在演講中以適當的手勢或肢體語言會加強說服力，若是複雜的概念、科學的數據、商業的統計等無法以簡單的語言概念表達時，就應用電腦簡報的圖表設計予以輔助，甚至於以影片或實物做爲輔助的工具，目的是讓觀眾能夠精確的瞭解演講的內容。

第七，**讓聽眾加入演說的現場**：許多聽眾在聆聽演講的時候，往往會因爲注意力不集中或是進入昏沈的狀況，因此講者必須透過一些技巧，例如提高音調或講個笑話，讓聽講者回到演講的現場，維持演講的氣氛。

第八，**保持幽默風趣的談吐**：許多演講往往令聽眾覺得枯燥無味，或是長時間的演講也容易讓人精神不濟與注意力無法集中，或是演講的主題過於嚴肅與艱澀，如果在演講中能夠夾帶一些相關有趣的笑話，提振聽眾的精神，或讓大家稍爲放鬆，或是在敏感話題中，以幽默詼諧的口吻，點到爲止，會有畫龍點睛的功效。

第九，**互相討論的良好互動思考**：成功的演講並不是單向的宣傳，而是要讓聽者能夠互動的思考。

第十，**注意時間的控制**：任何演講都有時間的限制，多半也會留一點時間給聽眾發問，因此要把握時間。

【作業】

一、請以正式的服裝與一分鐘左右的時間，現場演練與發表求職的簡報。

第十一課　規章的種類與寫作

一、規章的意義與特質

任何團體或組織機構的運行軌則，就是透過「規章」的規定與執行，因此規章具備了五種特質：

第一，規章的制定必須符合政府法令，同時不能牴觸憲法的基本原則。

第二，規章由組織機構或團體訂定，必要時得經由主管機關的核准，才能施行。

第三，規章必須以紙本書面的方式明確記載。

第四，規章必須以分條列舉的方式陳列。

第五，規章經過選舉投票或充分討論等合理程序通過後，該機關團體的成員應該共同遵守履行。

二、規章的種類

規章是一種概括的通稱，其實尚有其他十二種不同的名稱：

㈠**章程**：規定組織的權利、義務等基本要則。

㈡**規程**：兼具規則與章程的意思，其內容與意義與規章是相同的。

㈢**規則**：是規章與法則的意思。

(四)準則：所遵循的標準或原則。

(五)細則：有關規章或制度的詳細規則。

(六)綱要：大綱要領的意思。

(七)辦法：處理事情或解決問題的方法。

(八)簡章：簡單的章程。

(九)須知：對所從事的活動必須知道的事項，多用作通告或指導性文件的名稱。

(十)注意事項：指導或指示相關重視與關注的事項。

(十一)要點：指執行重點。

(十二)標準：指推行規章或辦法中某些事項的依據。

三、規章的用語

規章是處理公眾事務或是具有法律性質的應用文書，所用的術語除了「法律統一用字表」與「法律統一用語表」之外，常見的術語仍有以下十三項：

第一，凡：概括一切的意思。

第二，應：肯定非如此不可的意思。

第三，須：必須如此的意思。「須」比「應」語氣較爲緩和。

第四，得：可以的意思，在某些情況下，可以如此做，但沒有強制性。

第五，**不得**：不可以如何的意思，這是硬性的規定。

第六，**但**：通常又稱為「但書」，表示例外的意思。

第七，**均**：兩樣以上的事情，同等看待的意思。

第八，**並、及**：表示兩個以上的事項同時兼具的意思。

第九，**或**：幾個項目同時並舉時，表示具備其中一項即可，或是具備其中某些項目亦可的意思。

第十，**除……之外**：是指規定中的例外事項，或是增加的項目，此有例外而增加的意思。

第十一，**遇……時**：是指規定中的例外事項，或是增加的項目，此有特別指定的意思。

第十二，**視同**：表示某些事項與規定相同時應同等看待的意思。

第十三：**其他**：是指不能概括詳盡時或不能預先設定時的意思，一般列在所有項目的最後面。

四、規章的寫作要點

第一，**確定名稱**。凡是規章，應有一個確定而適切的名稱。

第二，**分配章節**。規章的內容必須段落分明。

第三，**安排次序**。規章的結構，一般可以分為總則、分則與附則，內容各項名稱應有次序。

第四，**根據法律**。規章必須要有法律的依據，才能順利的推行。

第五，**考慮周密**。規章的設定必須考慮詳切，設想一切可能及預防各種變化，才是周延的規章。

第六，**文字明確**。規章文字必須簡明精確。

第十二課　書狀與契約

一、書狀的意義與種類

書狀是當事人的其中一方爲履行權利或義務而自行訂定或事先預訂的，通常是由一方簽署之後交付另一方收執。民間常見的書狀，可分爲兩大類：

第一類，**人事方面**：如志願書、證明書、悔過書、遺囑等。

第二類，**財物方面**：如同意書、保證書、切結書、承諾書、催告書、委託書等。

二、書狀的效用與寫作要領

書狀是經由當事人簽字或蓋章，此時立即就發生了法律效力，當事人就必須切實的履行。書狀和契約一樣，在訴訟法上是一種證據，具備充足的證明效力。因此一般契約的法律要件，在簽署書狀時，也應該切實的遵守，否則容易引發無謂的爭執，有時也可能影響其法律的效力。

書狀並無固定的格式，各種不同需求的書狀，因爲不同的事項就不一樣。然而，書狀的基本結構，可以包含書狀的名稱、本文、簽署姓名蓋章、寫立書狀的日期等四項。

（範例）

離職證明書

○○○君於民國○○年○○月○○日起至○○年○○月○○日止，在本公司擔任○○職務○年○月。茲因個人生涯規劃而自請離職，所有經管業務，皆交代清楚，特此證明。

○○公司（簽章）

中華民國　○○　年　○○　月　○○　日

悔過書

店員○○○於○○年○○月○○日，偶因一時情緒衝動，言行不當，事後深感懺悔，今後自當勤奮努力工作，改過向善，若再有冒犯或行為不檢之處，願受辭職處分，謹具此存照。

此　上

○○商店

立悔過書人：○○○（簽章）

中華民國　○○　年　○○　月　○○　日

書狀寫作仍應注意以下四點要領：

第一，文字必須精確分明，條理清晰，具有法律概念，不要成爲日後呈堂證供。

第二，內容要審慎周延，不要模糊虛應。

第三，涉及數字時最好使用大寫，以防塗改。

第四，特殊狀況時，應請求律師或至法院辦理相關認證或是公證手續，以增強其法律的效力。

三、契約成立的要件與結構

㈠契約的意義

契，本爲「刻」的意思，是古代占卜時以刀刃鑿刻龜甲，後來泛指刻物。此外，「契」也是憑證、符節、字據等信物。古代的「契」分爲左右兩半，雙方各執其一，用時將兩半合對以作爲徵信，後泛指契約，也就是指雙方或多方共同協議而訂立的條款與文書等。換句話說，契約是兩個或兩個以上的當事人之間爲設立、變更或終止法律權利和義務而達成的協議。現代人因爲工商業社會的商業往來，多半是不熟識而必須貿易交換，其中訂立書面的契約可以保障雙方的權益，避免無謂的糾紛。然而，人心不古，亦有不肖公司或廠商，利用擬訂契約的機會，加入許多不平等或不合法的條款，藉應徵求職的機會，要求求職者當場簽下不平等的契約，或利用推銷機會的小圓桌模式遊說被害人簽下契約，事後即以此契約要脅當事人履行契約，造成當事人重大的經濟或其他方面的損失。因此，任何簽署契約的當事人皆可以要求契約審閱期至少五日，若有疑慮應向律師洽詢或法律諮詢服務機構洽商，以維護自身的權益。

書狀與契約皆是規定權利義務而必須誠信遵守的應用文書，區別在於書狀是其中一方應履行權利義務而擬定的，簽署之後交由另一方收執；契約是經過雙方協調同意，簽署後各執一紙爲憑。以上兩者皆具法律上的當然證據力，在擬訂或簽署時，應特別慎重而加以遵守，但因不平等或不合法律精神的契約而遭致損失或傷害時，也不應默然接受而應透過合法程序提出申訴，這是民主法治國家的基本信念與民主平等精神的展現。

㈡契約成立的法律要件

1.當事人均須具有「行為能力」：所謂「行爲能力」，指可以獨立爲法律行爲，從而取得權利、負擔義務的能力。依我國民法第十三條第一項的規定，未滿七歲的未成年人，屬於無行爲能力人，滿七歲以上的未成年人，依同條第二項的規定，屬於限制行爲能力人。到了滿二十歲，依同法第十二條的規定便是成年人。無行爲能力人或是因心神喪失、精神耗弱，經法院宣告「禁治產」者，因其無行爲能力，所訂契約無效。年滿二十歲的成年人，及已結婚的未成年人，皆屬有行爲能力人，得爲契約的當事人。年滿七歲之未成年人，爲限制行爲能力人，其契約行爲須得法定代理人之允許或承認。限制行爲能力人是可以自己作出法律行爲，但是依據民法第七十八條規定，這些法律行爲必須先要得到他的法定代理人的允許，未得到允許的單獨行爲，屬於無效。限制行爲能力人如果是訂立契約的行爲，要經過法定代理人的承認，才能發生效力。誰是無行爲能力人或者限制行爲能力人的法定代理人呢？首先就是父母，因爲父母依民法第一千零八十六條的規定，是未成年人的法定代理人。

2.**必須經過要約承諾的程序**：契約的成立，必須經由當事人相互的同意、要約與承諾，缺一不可，如果僅是爲單方面的意思，或其中一方脅迫他方而訂立的契約，皆屬無法律效力的契約。

3.須依法定方式：所謂法定方式，例如民法第七百六十條：「不動產物權之移轉或設定，應以書面爲之。」其中的「以書面爲之」，即法定方式的指定。

4.**不得違反法律強制或禁止的規定**：強制的規定，指法律規定必須遵守的事項，其中禁止的規定，指法律規定禁止的事項，例如法律禁止販賣人口與賭博，則賭博契約、販賣人口契約，因違反禁止的規定，皆屬無效的契約。凡是違反我國法律的契約，就是屬於無效的契約。

5.**不得以不可能之給付為契約之標的**：凡是不可能給付的物品，或是不能產生的行爲，都不能作爲契約的標的物。例如人體四肢不可能作爲給付，故買賣四肢的契約是無效的。又如摘下天上的星星做爲愛情的見證，那也是無效的契約。

㈢契約的結構與撰寫要點

1.契約的名稱。
2.當事人的姓名或法人名稱。
3.當事人的自願。
4.訂立契約的原因。
5.標的物的內容。
6.標的物的價格。
7.立約後的保證內容。
8.雙方應該遵守的約束。
9.契約的期限。
10.當事人簽名蓋章與身分的基本資料。
11.見證人或保證人簽名蓋章。
12.訂立契約的日期。

第十三課　單據的作法

一、單據的意義與功能

現代工商業社會的各種買賣，由於種類繁多，必須使用各種文件做爲憑證，例如估價單、成交單、訂單、送貨單、回執單、發票與收據等均爲單據。其實單據也是收付款項或是貨物等的憑據。常用的單據有借據及收（領）據兩種。借據，主要是借貸財物的憑證，通常用於借貸的金額款項不多，或者是物品不是很貴重，而且借貸的時間不是很長的情況之下。收（領）據則是收受財物的主要憑證，通常是對上級機關多用領據，對平行或下行機關多用收據。

單據的主要功能，即在於「憑證」兩字，做爲交易、收受金錢或物品的證據，由一方簽署後交由另一方保管，這是現代生活中必須時時注意而加以妥善保存的事物，值得吾人重視。

二、單據的作法與範例

(一)借據的作法與範例

借據的作法：一、對內的借據，必須是蓋請借人的私章或簽名，或請借單位的戳記，並附蓋該單位經借人的私章，以便將來查考。二、對外或私人之間的借據，必須要將對方的機關名稱或姓名抬頭書寫，並寫明請借機關的名稱與首長姓名，並且在書寫日期處加蓋官方的印信，表明是爲公借用而非私用。三、私人之間的借據，只要請借人簽名蓋章即可。四、借據上使用到數字時，應用大寫，以防塗改。五、註明詳細的所借之物。六、註明詳細的日期。

（範例一：對外借物）

茲借到 會議長桌〇〇張與辦公椅〇〇把。 此據 市立〇〇高中校長〇〇〇（蓋章） 經領人〇〇〇（蓋章） 中華民國〇〇〇年〇〇月〇〇日

（範例二：對內預支）

茲預支 〇年〇月〇日至〇月〇日赴中國大陸參加學術研討會之出差旅費共新台幣〇〇元整。 此據 〇〇〇（蓋章）具〇年〇月〇日

㈡收據與領據的作法與範例

收據與領據的作法：一、無論對內或對外，都應將對方的機關或經辦人的姓名註明清楚並蓋章。二、使用數字，必須大寫。三、如果是向上級請領或是對外經收款項，應由機關首長、會計室主任與經手人等連署蓋章，並在書寫年月日的地方加蓋官方印信。四、如果是向下級機關收款，雖然不必加蓋本機關的印信，但是仍應由機關首長、主辦主計和主辦出納與經手人連署蓋章。

（範例三：領款）

茲領到
教育部撥發○○學年度清寒獎學金共新台幣○○元整。
此據
○○科技大學校長○○○（蓋章）
會計室主任○○○（蓋章）
經領人○○○（蓋章）
中華民國○○○年○月○日

（範例四：收物）

茲收到
○○科技大學○○學年度校刊○○本。
此據
○○○（蓋章）具○年○月○日

第十四課　心得報告寫作要領

一、心得報告的標題與封面設計

心得報告的標題與封面，應力求樸實雅趣，不要過度的華麗與誇張，一般而言，勿以個人喜好或是揣測教師的好惡而投其所好，只要簡單大方即可。然而，不同科系的同學，例如視覺傳達、廣告、美工設計等科系，或許因爲科系的特殊風格而著重在設計感，或是某一門科目任課教師的指定與要求，封面就可以加以特殊的變化。若是以一般的心得報告橫式書寫的標準，參考範例如下：

（範例 1：本科系專業科目的報告）

〇〇大學〇〇系(科目名稱)期中報告
授課教授：〇　〇　〇　先　生

(心得報告的標題)

系級：〇〇系〇年〇班
學號：〇〇〇〇〇〇〇〇
姓名：〇　〇　〇
日期：〇〇年〇月〇日

（範例 2：全校通識選修科目的報告）

〇〇大學通識課程(科目名稱)期中報告
授課教授：〇　〇　〇　先　生

(心得報告的標題)

系級：〇〇系〇年〇班
學號：〇〇〇〇〇〇〇〇
姓名：〇　〇　〇
日期：〇〇年〇月〇日

二、心得報告寫作的十大優點與十大忌諱

編號	十大優點	十大忌諱
一	報告的每一個字都應該是自己的心得	完全是抄襲網路文章或是抄襲他人著作
二	不使用火星文、注音文與謹慎的校對	使用火星文、注音文或錯字連篇
三	每一堂課認真聽講與真誠的記錄上課的重點	平時缺課又惡意的人身攻擊以指責教師
四	真誠與適切的發覺與陳述感恩教師授課的優點	過度的諂媚阿諛奉承授課的教師
五	自我誠實強調全勤或高出席率以顯示高度興趣	自我懺悔平時上課不認真或是缺席或是睡覺
六	引述上課重點內容與發表深度感想與心得	完全不引述上課內容而只談個人感想或感受
七	具體分段分點說明自己主動學習的樂趣	表明個人被迫選課與上課的無耐心情
八	大量參考課程相關的其他資料並能引述其重點	完全不參考課程相關的其他資料
九	全部針對上課的內容或設定主題發表個人心得	傾訴自己感情或生活問題而離開心得報告主題
十	正確的使用標點符號（標點全形，數字半形）	錯誤的使用標點符號（標點半形，數字全形）

三、標點符號正確使用介紹

標點符號正確使用介紹		
	錯誤使用	正確使用
全形半形	在經歷方面, 畢業後, 因緣際會即開始從事於教職等工作,……若有幸見擢, 必殫盡所能, 為貴公司、社會做最大的付出與奉獻.(○○○自傳)	在經歷方面，畢業後，因緣際會即開始從事於教職等工作，……若有幸見擢，必殫盡所能，為貴公司、社會做最大的付出與奉獻。(○○○自傳)
修改方法	用「取代」的方式，可以一次全部改過來。	
刪節號 ……	平日喜好動態的休閒活動，如露營、健行、打球…等，不只具有運動健身的效果，也可以拓展視野。	平日喜好動態的休閒活動，如露營、健行、打球……等，不只具有運動健身的效果，也可以拓展視野。
修改方法	輸入內碼「A14B」兩次的方式，可以改過來。因為那一個全形格有三點，兩格為六點。	
引文號 「 」	經由指導老師安排一些“自我探索”的課程，幫助我更了解自己；也接受“助人技巧”的訓練。我有個可愛的名字，叫做『○○○』，這是我爸媽為我取的，……	經由指導老師安排一些「自我探索」的課程，幫助我更了解自己；也接受「助人技巧」的訓練。我有個可愛的名字，叫做○○○，這是我爸媽為我取的，……
修改方法	輸入內碼「A175 與 A176」的方式，可以改過來。	
書名號 《》 篇名號 〈 〉	在拜讀「咆哮山莊」時，感慨、遺憾取代了主角們原本該擁有的歡笑與幸福，讓我不禁想難道愛情在每個時代潮流中都必須承受禮制、地位觀念的束縛嗎？	在拜讀《咆哮山莊》時，感慨、遺憾取代了主角們原本該擁有的歡笑與幸福，讓我不禁想難道愛情在每個時代潮流中都必須承受禮制、地位觀念的束縛嗎？
修改方法	書名號為輸入內碼「A16D 與 A16E」的方式，可以改過來。 篇名號為輸入內碼「A171 與 A172」的方式，可以改過來。	
破折號 —— （語氣轉折）	完成了一個小小的圖樣會覺得超～有成就感，呵呵...！我的身體及心理狀況都很健康喔！	完成了一個小小的圖樣會覺得——非常有成就感。我的身體及心理狀況都很健康。
修改方法	輸入內碼「A277」兩次的方式，可以改過來。因為那一個全形格為一短橫線，兩格為兩短橫線。儘量避免使用「--」（半形）或「——」（全形）。	

學術論文寫作綱要

第一章　學術論文寫作的學術價值與現代意義

第一節　學術論文寫作的學術價值

一、學術論文的寫作是學術研究的起點、過程及終點的循環

㈠學術研究從選擇題目開始，即已決定研究的方向，所以是研究的起點。

㈡經由題目的擇定，然後依據論文寫作的方法及程序，由此展開研究的過程。

㈢經由論文寫作的程序，形成客觀的論證結果，然後呈現學術論文的報告。

㈣從個人到集體的研究論文，彼此交流，促進文明的發展，達到快速的成長。

二、學術論文寫作含有「研究方法論的哲學思維」、「論文表達形式的工具意義」與「操作的程序及方法」等三項層面意義

㈠「研究方法論的哲學思維」是指研究方法的理論根據，通常以哲學的邏輯判斷爲最初的起點，乃至於近現代的詮釋學、現象學或其他哲學理論，都可以引爲方法論的思想背景，具體的研究方法論是批評與討論方法的優異及價值。

㈡「論文表達形式的工具意義」是指學術論文基本組成的要素，包括註釋的格式，參考書目或圖表的附錄模式，以及前言、本文及結論等要件。

㈢「操作的程序及方法」是指論文寫作過程中，必須符合論文寫作的必要程序，乃至於各項研究方法的應用。

第二節　學術論文寫作的現代意義

一、學術論文的寫作，可以建立溝通的標準與研究的程序。

二、透過學術論文的成果，可以促進文明的快速發展，達到理論導引與資源共享的目標。

三、透過學術論文的發表，可以整合學術研究不同領域的成果，達到科際整合的目標。

第三節　學術論文寫作的未來發展

一、隨著科技的進步，從論文的寫作到成果的發表，必定走向電腦數位科技與網際網路統整的趨勢。

二、從紙本的論文發表形式，將來必定走向影音多媒體互動的簡報，而且會逐漸取代目前通用的論文格式。

三、學術論文的發表，從紙本的印刷，逐漸將走向數位電子檔案的傳輸模式。

四、各種不同學科的學術論文寫作將逐漸呈現愈來愈大的差異，同時會形成專屬領域的研究方法論及操作程序，並且由此形成不同的學科與開發新穎的研究領域，乃至形成新興的哲學思維。

五、客觀的學術研究思維發展到極致，可能反而走向主觀的生命實踐探討，也是對客觀物質化研究的反省及修正。

第二章　學術論文寫作的基本格式與進行流程

第一節　學術論文寫作的研究類型

一、文獻的研究（第一序的研究）

㈠古籍的整理：包括目錄學、文獻學、版本學等校訂考釋。

㈡文獻的歸納：透過各種比較或分類爬梳，尋找某種脈絡或發現某種特徵。

㈢目錄的建立：經由文獻的閱讀，建立參考書目的類別，以及形成學科的研究範圍。

㈣論點的呈現：從文獻的整理分析，可以揭曉文獻作者創作的主旨，可以說明作者的基本論點，乃至於闡述作者思想的背景。

二、歷史的研究

三、理論思想的研究與批判（第二序的研究）

㈠問題意識的提出是理論研究的起點。

㈡現象的觀察與分析是思想研究的動力。

㈢背景原因的探討是哲學思維的支柱。
㈣諸多學者意見的統合及批判是學術研究的基本精神。

四、科學實驗的研究

五、各項調查研究

六、評估分析報告

第二節　學術論文寫作的基本格式（以碩博士論文為例，橫或直式按先後的次序）

一、篇首形式方面（Preliminaries）

㈠封面（含書背、紙張、裝訂方式）（Title Page）
㈡空白頁（Blank Page）
㈢封面影本（書名頁）
㈣授權頁（一至四頁，博碩士學位論文繳交時必備）
㈤序言（Preface）（博碩士學位論文可免，用在出版時，有贈序及自序）
㈥致謝詞（Acknowledgments）（用於博碩士學位論文，但已少用）
㈦口試委員評分簽名紀錄表
㈧學位論文摘要（論文提要）（各校規定不同，另有學校要求英文提要）
㈨目錄（Table of Contents）
㈩圖表目錄（List of Tables and Figures）
⑾附錄目錄（List of Appendixes）

二、本文形式方面（Texts）

㈠前言、引言、緒言、導言、緒論或導論。（Introduction）
㈡本文（包含各篇 Part、章 Chapter、節 Section 與注解 Footnotes）
㈢結論

三、參考文獻與附錄資料（The References）

㈠附錄資料（Appendix）

㈡參考書目舉要（Bibliography or References）

㈢其他可供參考性資料（必須與論文主題或內容有密切關係，如書影）

㈣索引

㈤英文提要、大綱、封面（內頁封底）

第三節　學術論文寫作的進行流程

宋楚瑜先生在《如何寫學術論文》一書提出「撰寫學術論文與研究報告的十項基本步驟」（三民書局，前言），頗資參考，但是隨著時代的推移，數位科技的普及，論文研究的方法與程序，都有長足的進步，筆者不揣簡陋，提出修訂的意見，特別是加上數位建檔整理的觀念及方法，對於論文寫作的各項實際問題，加以介紹與說明：

	宋楚瑜《如何寫學術論文》	黃連忠《學術論文寫作方法》（尚未出版）
第一項	選擇題目	選擇題目的眼光與學術價值
第二項	閱讀相關性的文章	參考書目的建立與資訊評估
第三項	構思主題與大綱	各項資料的蒐集與數位整理
第四項	蒐集參考書與編製書目	構思主題的論點與預擬大綱
第五項	蒐集資料，作成筆記	數位檔案的運用與撰寫初稿
第六項	整理筆記，修正大綱	正文註釋的對照與圖表補充
第七項	撰寫初稿	修訂初稿的內容與大綱審定
第八項	修正初稿並撰寫前言及結論	導言結論的意義與撰寫原則
第九項	補充正文中的註釋	校訂排版的原則與印刷品質
第十項	清繕完稿	媒體簡報的設計與網頁分享

以上的主要差別，在於過去是以稿紙書寫，然後重新謄寫成定稿，出版的方式主要有三種：第一種是影印，不過二十年前尚未普遍；第二種是刻鋼版，以蠟紙油印，但目前已完全不流行；第三種是書局出版，直接由印刷廠印製。但是邁入廿一世紀的今天，電腦數位科技與網際網路的日新月益，帶給論文的寫作方法與程序極大的改變，而且流程也將隨著不同的學科及不同的學術領域而有所不同，特別是新的主題或是新的學術科別，必然會開發新的研究程序及方法，甚至形成一門新穎的研究方法論或哲學系統。

第三章　學術論文寫作的步驟與進行程序

第一節　選擇題目的眼光與學術價值

一、選擇題目的重要性

(一)了解自己的生活形態、生命目標、思想興趣、意識形態趨向、電腦資訊處理能力、各種語言表達及閱讀程度、各種學科的學習情形、指導教授或師資的配合、研究環境的週邊設施、希望表達的中心思想、期待達到的學術成就及目標，……都是論文題目決定的重要關鍵因素。

(二)題目的決定，將是論文成敗最重要的關鍵，也可以說是佔了百分之五十以上的份量，不可不慎重決定。許多博碩士班的研究生爲了擬定研究的主題到確立論文的題目，都要花上數月甚至一兩年的時間，並且要與指導教授充分的討論與溝通，同時得到指導教授的完全支持與協助，必要時私下徵詢該領域的專家學者，並聽取其他研究者的建言，都是重要的事。

(三)簡明扼要又深具學術價值的論文題目，不僅可以收攝心念，指引論文研究的方向，掌握資料蒐集的範圍，將來更可以對某一主題有深入與整體的研究成果。

(四)深具學術研究價值的論文題目，不僅能夠吸引讀者強烈的注意，研究的成果也能夠對學術研究提供具體的貢獻，然而此價值的建立與肯定，必須是建立在嚴謹的論證、豐富的資料、客觀的判斷、精確的表達與周延的思考基礎上。

㈤論文的題目應衡量研究者本身的能力、時間與面對的學術要求等諸多問題，如博碩士的學位論文或一般在兩三萬字以內的短篇論文，雖然在論文基本格式上是相同的，但是在篇幅、大綱及寫作方法上仍有相當程度的不同。其中，最值得注意的是論文題目的大小寬狹，如果題目太大而時間或能力不足，完稿時就會顯得疏濶或無以爲繼；題目太小而材料不足時，就會缺乏深刻的論點與基本的格局。因此，選擇適當的研究題目是非常重要的。

㈥前人研究過的某一項題目已有過多的論文，而且又達到一定的學術水準，因此可能缺乏研究的新意，也可能毫無新穎的論點可供提出，自然缺乏研究的價值。但是，若某一項題目雖然已有數篇學位論文或數十篇短篇學術論文，並不表示完全不能從事這項題目的研究，研究者在通讀之後，發現其中仍有很大的空間或研究的價值，或是前人研究充滿了錯謬之處，或是有信心提出更爲周延詳切的論點或成果，藉以改進前人的研究缺失，甚至提出新穎的創見及重大的發明，自然有其重大的學術研究價值。

㈦確定的論文題目，可以提供研究者以下七項的要點：

1.論文確切的研究方向與主題。
2.確定的研究範圍與限制。
3.思維大綱與內容的指引。
4.確定蒐集資料與數位建檔的範圍。
5.導引研究大綱的試擬。
6.建立研究者主題研究、關鍵詞與研究範疇的思維。
7.預期得到的研究成果。

二、題目審定的基本原則與確定研究的範圍

㈠題目的審定應依個人的研究志趣，特別是平日生活中的一般興趣，能夠主動歡喜積極熱忱的從事相關的研究，儘量避免被迫選擇或完全沒有興趣的研究主題。

㈡題目審定前應廣泛的閱讀相關的文獻，包括國內外博碩士的學位論文，國內外的學術專書、期刊、論文集、報章雜誌等相關資料，建立學術脈動的基本學識。

㈢除非論文的指導教授指定研究的題目，或是相關單位委託限定研究者的題目，否則研究者應該自行選擇題目，而且儘量避免教授明確指定題目，最好是由自己反覆斟酌推敲後決定。

㈣題目審定前應自我衡量相關研究的能力，或是對於所選擇的題目已有相當的準備。

㈤論文的題目應確實新穎，避免空疏浮華而不著邊際，而且大小適中。

㈥題目審定前應衡量該題目的資料是否充足，是否足以架構或提供研究的需要，相關的資料是否容易取得及運用。

㈦題目審定前應檢討前人的研究成果，包含數量、品質、價值與周延性等諸多因素，以提供研究者決定題目。

㈧題目審定前應多徵求師長朋友的意見，特別是該項領域的權威學者，或是由指導教授指定研究題目，或是拜訪相關領域的學者，廣泛搜求，汲益新知。

㈨適切的論文題目應具備以下十項基本原則：

1.題目符合研究者的志趣與平日主動關懷積極蒐集相關資料的興趣。

2.題目具有高度的學術研究價值，特別是前人未曾探討的論題。

3.題目能引導或隨附時下最新的學術研究脈動，甚至解決眼前的社會問題或長久以來的文史公案。

4.題目富有學術的創造力與進一步探求的可能性及學術的深度。

5.題目具有吸引專家學者注意的潛力，包含開發新的研究領域與解決過去高難度的舊問題。

6.題目具備學術的影響性與重要性。

7.題目的研究範圍大小適中與精密的準確度，題目應該切實，避免空疏浮泛。學位論文視能力及各項條件可以擴大，但短篇論文應鎖定小題目，如此才能專精而深入某一問題。

8.題目應該避免爭論性過高而無有定論的問題。

9.對於已經選擇的題目已有各方面的評估及相當的準備。

10.題目已經得到指導教授的高度肯定，或是得到這個領域權威學者專家的鼓勵支持。

三、如何選擇適切的題目

(一)從平日上課或研究的學習過程中，產生的問題意識，進一步具體的擬定題目。

(二)經由指導教授、一般師長或權威的專家學者提供意見或直接指定題目。

(三)從各種學術專書、期刊論文、專業性的雜誌、論文集、學報等整體評估獲得。

(四)從相關的學術著作、博碩士學位論文的參考書目中，進一步過濾而得。

(五)從學校同學或師長朋友的討論中激發的學術性思維，進一步的擬定題目。

(六)從圖書館的專業目錄、電腦圖書資料庫或網際網路的電子資料庫檢索中，獲得靈感。

(七)從學術研討會的討論中，激發問題意識的思維。

(八)從閱讀論文中，細心的檢查與思考可能研究的題目。

第二節　參考書目的建立與資訊評估

一、參考書目建立的基本要點與價值

在現代學術研究的論文寫作方法裏，參考書目的建立，不僅承襲了古代的治學方法中目錄學與文獻學的學術訓練，在面對現代資訊爆炸及複雜多元的情況下，建立某一研究主題的參考書目，就顯得急迫與重要了。同時，「參考書目」的定義與內容，實際上隨著時代脈動發展而出現了愈來愈多元複雜的傾向，包括了以下八項具體的內容，分別是：

(一)傳統的古籍，包含後代學者的註釋，以及各種版本或善本的流傳。如果是研究佛教的主題，自然包含了佛教傳統的經論。

(二)各種國內外當代學者的學術專著，其中又包含了原文或翻譯類著作。

(三)各種國內外學術期刊的論文。

(四)各種國內外的叢刊、論文集或學報的論文。

㈤各種國內外的學位論文，包含了學士論文、碩士論文與博士論文等。

㈥各種國內外的報告資料或實驗成果。

㈦各種國內外的文獻資料，以及手稿或圖版等。

㈧其他相關的影音紀錄資料，如電子光碟等。

參考書目的建立，主要涵蓋了八項價值與意義：

㈠充份掌握最新的學術行情、學術脈動與研究趨勢。

㈡能夠掌握某一主題的全體研究概況。

㈢能夠了解研究資料的蒐集方向。

㈣能夠由參考書目的各項內容，建構對某一研究主題的整體概念或系統。

㈤從參考書目的相關紀錄中，可以避免與他人完全雷同的題目。

㈥從參考書目的數位電子建檔中，可以成為日後閱讀或整理資料的來源。

㈦從參考書目的整理中，可以統整與概括研究的版圖，以及啓發創意的靈感。

㈧參考書目可以提供後續的研究者，對某一主題完整的研究趨勢的瞭解。

二、參考書目建立的來源與方法

參考書目的建立，可以從以下十項基本來源考察：

㈠前人研究的參考書目，特別是權威學者的學術專著，或是最新的博碩士論文。

㈡最新的國內外學術期刊電子目錄，分為網際網路的電子資料庫與光碟版兩種。

㈢尚未上網或較為陳舊的圖書館中書目編目卡。

㈣各種專業索引，又分為網際網路資料庫、電子光碟與紙本文獻等三種。

㈤各式工具辭書或百科全書。

(六)國內外書局的圖書目錄與網路書店的最新書訊。

(七)各種期刊雜誌的書訊與廣告，以及報紙索引的電子光碟版。

(八)國內外的學術研討會與後續出版的論文集。

(九)時常向專家學者或學有專精者請益，或是借閱許多珍藏書。

(十)圖書館內勤翻閱，隨時紀錄電子檔；最新期刊時常看，上窮碧落下黃泉。

至於，參考書目建立的方法與製作要點，可以概分爲以下八項要點：

(一)採取最爲方便的WORD格式或EXCEL格式，以利將來的排版列印。

(二)博碩士論文的參考書目應避免採用複雜的資料庫軟體建檔。

(三)參考書目應詳細分類羅列，編排序號，並按自訂的排序方式處理，如筆劃或出版時間等。

(四)參考書目應具備詳細的資料，如書目名稱或論文名稱，編著者，出版者或刊名卷期，出版時間及版別等。

(五)參考書目應隨時增列或刪除，並且都以電子檔方式記錄。

(六)參考書目的編列序號後，應採取數位建檔方式，時時閱讀並建檔之。

(七)參考書目的建立，除了分類羅列之外，必須特別注意涵蓋的廣度及深度，並刪除毫無學術參考價值的無關資料。

(八)參考書目的建立之後，必須依重要性依次閱讀或研究，若完全陌生而隨意摘引他人書目，將會使得書目顯得浮泛，最好羅列的書目有一定的瞭解程度，至於是否購藏，得視個人經濟能力或重要性決定。

三、參考書目的排列與引用的標準

(一)參考書目的排列必須注意下列四項重點：

1.參考書目是以書目爲優先考量，故排列時應將書目名稱（或論文名稱）放置在第一位，作者置於第二位。

2.參考書目應將全部書目分類羅列，一般是以論文主題直接相關的列在第一類，或是使用經史子集四部分類，或是以出版日期先後排列，或是以書目筆劃先後排列……，只要使用明確而易查的分類原則皆可。

3.每一本或每一篇參考書目羅列時，應註明【書目名稱】、【作者】、【出版地與出版者】、【出版日期與版別】等資料。以上等資料愈詳細愈好，特別是出版日期應統一更改爲西元並註用出版月份，另應註明版別爲宜。例如：

禪宗公案體相用思想之研究　黃連忠著　台北：學生書局　二〇〇二年九月初版

4.爲方便管理與製作，應以 Excel 軟體爲主，排版印刷時則以 Word 軟體爲主，建議使用表格式的參考書目，可能更能方便讀者閱讀。例如：

日文期刊論文類				
論文名稱	作者	期刊名稱	卷期	出版日期
五燈の『景德伝燈録』と『天聖広燈録』にぉけろ現成につぃて	新野光亮	印度学佛教学	通卷五十三	一九七八年十二月
景德伝燈錄序をめぐる諸問題	石井修道	仏教学	十八	一九八四年十月
高麗本『景德伝燈錄』につぃて	西口芳男	印度学佛教学	通卷六十四	一九八四年三月

第三節　註釋引用格式與書籍條目資料的數位整理

一、註釋引用格式

(一)引用專書部分：

作者：《書名》，出版地：出版者，出版年月版別，頁數。

(二)引用論文部分：

作者：〈論文名稱〉，《期刊名稱》，卷期總號，出版年月，頁數。

(三)引用論文集中的論文部分：

作者：〈論文名稱〉，出自編者：《論文集名稱》，出版地：出版者，出版年月版別，頁數。

二、註釋引用他人著作的原則

如果在自己的著作中引用他人的研究成果，或是介紹某位人物時，必須注意以下六項原則：

其一，引文部份應忠於古版原文，但爲了適應現代的學術資訊流通，可在意義不變的前提下，適度的改變成現代的字體，如「麤」字可改成「粗」，如倒「縣」可改成倒「懸」。另外，如遇特殊情況，可將原圖或書影以掃瞄的方法處理。

其二，第一次出現某位人物時請在括號中註明生卒之西元紀年，如鍾敬文（1903-2002）。

其三，不適合引用的文字，應注意以下四點：第一，不具備學術規範的文字或非學術著作則不宜引用，例如○○大師開示等著作；第二，出處不明的文字或說法觀點過於偏頗；第三，不具備論點或是沒有論證焦點或是不知所云的文字。第四、資料過長的文字（可置於附錄或以圖表重新整理之）。

其四，引用他人觀點時應具備「充分支持自己發表的論點」或「引述他人著作而加以批判」兩大類。初學者應多引用權威學者或權威著作的觀點以支持自己的論點，資深學者多以個人深入研究的創見發表，儘量減少引用不夠成熟的著作。

其五，引用他人著作或品評某位思想家時，應避免個人主觀好惡的情緒語言或偏執論斷，也應避免人身攻擊或信仰狂熱。

其六，引用多人著作的某一觀點，可以製表加以整理，而非串錄他人著作觀點而成書，論文研究並非是編輯整理的工作。

三、資料數位處理的方法

㈠原版書影的處理方法

以高階掃瞄器設定影像全彩及六百點以上，將原稿掃瞄至電腦中，以備來日不時之需。

㈡圖片或插畫等圖片方法

也是以高階掃瞄器設定影像全彩及六百點以上，將原稿掃瞄至電腦中，以備來日不時之需。

㈢將書本或論文視爲論點條目的總集，因此可以拆解分別獨立建檔。

㈣論點條目的選取建立，必須由學術眼光的檢定、評估及分析而後得到。

㈤論點條目的題目即是檔案名稱，不嫌長的兼容並蓄能夠涵攝主題關鍵詞，但也不要太過長，檔名也應該避免標點符號等，以免影響將來燒錄及複製檔案的情形。

㈥建檔時應特別注意專書或期刊的版權頁及目錄頁，如果時間及設備允許，應該將專書或期刊的版權頁及目錄頁掃瞄。

㈦論點條目選取打字後，或由掃瞄器輸入由文字辨識軟體辨識，都必須及時嚴格校正，讓將來引用資料時能夠無後顧之憂。

㈧每一項論點條目應單篇獨立，尤其是書目引用基本資料必須正確無謬，以利將來進一步引用或處理。

㈨在論點條目建立之後，可以針對引述部分加以闡釋個人觀點或解說，以此爲讀書劄記。

四、書目資料條目建立方法

㈠每看一本書就爲每一本書設置書目編號，看到一則內容可以⑴參考⑵改用⑶引用⑷批判⑸旁證⑹附錄⑺註釋時，就爲它設一個條目編號，全部以 WORD 檔案格式製作，一個條目一個檔，並設立一句描述語爲檔名並加日期，以利將來搜尋使用。

㈡依據論文大綱的每一小節就設立一個資料夾，每一個條目檔案若性質相符則歸入此資料夾中，以利將來的運用。

㈢在閱讀每一本書並建立完整的條目檔案的同時，應註明註釋格式的書目資料。若是詳細的看完一本書時，就應一網打盡這本書的精華，可以放心的不用再看，繼續處理下一本書，如此看書登錄檔案，才能有效率的完成閱讀與整理工作。

㈣儘量不要使用紙本影印，因爲一則爲了環保，二則爲了電子檔案方便利用。

㈤建立書籍條目資料的內容，建檔時務必一再校對，已校畢後即可放心使用，不必擔心日後錯謬問題。

第四節　構思主題的論點與預擬大綱

一、構思主題的論點到預擬大綱完成的基本程序

一篇論文到博碩士論文的完成及提出，主要是由一個主要論點或十數個乃至上百個論點所組成。因此，「論點」是全篇論文的核心，更是論文存在的價值所在，所以構思主題的論點，也就等於設計一棟大樓的主結構，如同船隻的龍骨，如同房舍的大樑，是非常重要的。然而，如何從題目的決定開始，到預擬大綱的完成，大抵有以下八項階段：

㈠**決定題目的大方向**：如先秦諸子、楚簡文字、東坡詞、董仲舒……等。

㈡**開始上窮碧落下黃泉般的蒐集相關資料**：特別是在電腦網際網路以外可以找到的資料。

㈢**將蒐集的資料系統性的處理**：首先應建立分類目錄，然後編列序號，全部輸入電腦。

㈣**從分類目錄中開始閱讀資料並初步建檔**：首先廣泛閱讀資料，特別是權威學者的專著或論文，然後從前人的研究成果發覺可以進一步研究的主題，或是確立研究的問題意識。

㈤**確立研究的主題**：從發覺前人尚未處理或處理不夠周延的論題中，確定核心的主題及確立研究的價值。

㈥**思考論文推演的基本程序與邏輯的討論先後次序**：論文大綱的討論程序關係論文的進行次第，是否合於學術論文的基本規範，同時論點前後的邏輯推理也是十分重要的。

㈦**依論文大綱建構的基本規範及格式試擬論文大綱**：首先草擬大綱，然後請指導教授或學有專精的學者斧正，並依此修改。

㈧**預擬論文大綱的完成**：完全符合論文的學術規範，以及相關的格式，如爲自己寫作的基本程序所用，應該鉅細靡遺的全部臚列，甚至細微的論點推演。

二、擬定大綱的基本格式

論文大綱的擬定，象徵著論文的研究及寫作進入了實踐的階段，也就是實際去寫論文的內容前，一個確切方向的導引。但是，大綱有如溝渠，所以合乎「大格局」的基本要求，相對的就十分重要了。從大格局的系統建立之後，綱舉目張，細小的水道及走向引導，就會星棋羅布的全面掌握論文的廣度，再配合論點的深入討論，就會形成絕佳的論文。因此，本文首先介紹一般博碩士論文必備的「緒論」（導論）的基本格式如下：

第一章　導論——問題的產生與研究方法論

第一節　本文研究之目的與價值

第二節　以往研究之成果與檢討

第三節　本文研究之範圍與架構

第四節　本文研究之進程與方法

以上的名稱可以在不影響意義的前提下，自由的替換適宜的字詞。

至於論文大綱的基本結構，可以分爲以下五項情形：

㈠單主題式的論文：如《朱熹四書集註之研究》。

㈡雙主題式或多主題式的論文：如《般若心經的理論發展與現代意義》。

㈢比較式的論文：如《朱熹與王陽明格物致知論之比較》。

㈣史觀式的論文：如《圭峰宗密禪宗史觀之研究》。

㈤範疇式的論文：如《禪宗公案體相用思想之研究》。

第五節　數位檔案的運用與撰寫初稿

一、配合文字與圖片數位檔案的建立與大綱的擬定而建立資料夾。

二、由大綱的擬定建立資料夾而形成資料庫。

三、由資料庫的建立而形成關鍵詞的互聯網。

四、由關鍵詞與論點的交互辯證而形成敘述的主幹。

五、注意邏輯的推演與敘述先後的次第以爲初稿的撰寫。

第六節　正文註釋的對照與圖表補充

一、正文註釋的對照意義

註釋的主要功能及使用方法如下：

㈠交待引用其他學人文字或論點的出處而避免抄襲之嫌。

㈡交待引述文字或觀點的學術根據與典籍來源，但特別注意重複引用時避免過於簡略。

㈢妨礙正文行文流暢，但有助於讀者理解時的補充說明，則置於註釋。

㈣對於正文的行文敘述，註釋可以提出參照的相關典籍或當代學人著作，以供讀者旁參。

(五)對於正文的行文敘述有所不足時，或作者有不同意見而未便於正文提出，可於註釋發揮。

(六)介紹正文中述及的某一學術領域的學術脈動，可以在註釋中略加提舉。

(七)對正文中提到的某一項專有名詞，可能是特殊或專業的術語，作者視一般讀者的程度，可能有選擇性的在註釋中加以「名詞解釋」般的說明。

(八)對於正文中引用某一學者的論點或典籍中的某一段，可能因行文的關係不得不簡述時，可以在註釋詳引全文，以供讀者參考，但應避免過長。

(九)若引用他人觀點的註釋，應避免過於乾枯，宜加以潤澤承接上下文，必要時可多發表作者的看法。

(十)對於作者自己過去的著作，可以多加利用提及，以示作者長久以來關注此一論題的歷史。

(十一)作者在正文中可能有交待不清，或是初稿完成後再閱讀時，可將補充意見放在註釋中討論或說明。

(十二)有時對權威學者論點的批判，可能不適合置於正文時，可以放在註釋中討論，但必要時給予合理化的詮釋，同時應避免過激的語詞而失卻學術客觀的中立性。

(十三)附錄圖表可以與註釋交互參照，以圖表與註釋的大量結合使用，可以使讀者一目了然，同時也可以看出論文的研究用功程度與整理的工夫。

(十四)註釋的形式有隨頁注、章節注與全文附註三種，現代宜採取隨頁註的方式，以利讀者的閱讀。

(十五)註釋的功能中有引述式、引證式、參考式、說明式、辯證式與混用式等六類。

註釋其他的注意事項有四點如下：

其一，註釋以隨頁注爲佳。

其二，註釋以 Office xp 的 Word 自動編序爲最佳，方法是由【插入】而【參照】而【註腳】。

其三，獨立引文每行縮三格，意即空三格平行，但要注意左右對齊。

其四，年代及頁數請一律使用阿拉伯數字，中華民國紀元自行轉換成西元，以利國際化。

第七節　導論與結論的意義與撰寫原則

一、導論部分

在博碩士論文中有所謂「第一章」，一般稱為「緒論」，或是「緒言」、「前言」、「通論」、「導言」與「導論」（本文以導論為通稱）等，其基本原則、價值意義與注意情形為以下七項：

(一)導論是全文最重要的一章，因為此章必須交待全文之梗概，提綱挈領的對於全文作一概述，讓讀者能夠從導論了解全文的大要，包括研究方法等要素。

(二)導論內容即使過短，也必須冠以章節名稱，因為這是屬於正文的部分。

(三)導論必須清楚的說明研究的動機背景、研究的問題意識、研究的價值與目標、研究的範圍與架構、研究的方法進路等要點，缺一不可的簡要概述。

(四)必要時亦可加註，但不宜過多，以免讓導論成為焦點，光彩掩蓋了後面的章節。

(五)導論必要時可加註副標題，可以加強說服力及突出思想的辨證性。

(六)導論的文字份量約佔全文字數的七分之一至十分之一。

(七)導論是學術論文中極為重要的一環，應避免感性或感謝的生活語言，純粹以客觀的學術語言說明最好。

二、結論部分

在博碩士論文的最後一章，一般稱為或「結論」，其基本原則、價值意義與注意情形為以下七項：

(一)總結全文的梗概，說明研究的成果及重要的論點，以及對後續研究的開拓與展望等。

(二)結論內容即使過短，也必須冠以章節名稱，因為這是屬於正文的部分。（「結語」適合用於極短篇的論文）

(三)結論必須清楚的說明該主題研究方法問題的重要性，建立可長可久的後續研究。

(四)非絕對必要時應儘量避免加註，因為結論是屬於作者的最後報告，不宜再徵引或另加詮釋，若有言不盡意之處，應提到前面的章節討論。

㈤結論必要時可加註副標題，可以加強說服力及突出思想的辨證性。

㈥結論的文字份量約佔全文的七分之一至十分之一，而且不宜過短。

㈦結論是學術論文中極爲重要的一環，應避免感性或感謝的生活語言，純粹以客觀的學術語言說明最好。

三、論文提要部分

論文提要主要是介紹研究的主體結構、研究貢獻與論文的內容等，其基本原則、價值意義與注意情形爲以下八項：

㈠尊重教育部及各校的規定及格式，有些學校甚至要求英文提要。

㈡論文提要必須以極爲精簡的兩千字之內，交待論文全文的研究重點與成果。

㈢論文提要必須說明研究的動機與目標。

㈣論文提要必須介紹研究的範圍與結構。

㈤論文提要必須說明研究的發現或問題意識的澄清。

㈥論文提要必須說明研究的方法

㈦論文提要必須說明研究的結論或建議。

㈧論文提要必須說明研究此一論題之後續研究必要性之評估。

第四章　校訂排版印刷的原則與論文審查標準的參考

絕大多數的國內外大學研究所，多半都規定了標準的論文封面格式，同時是以「範例」的模式要求，因此尊重自己學校或就讀的研究所規定爲第一要務，本文僅介紹通例如下：

㈠學校名稱及研究所名稱（The name of the school , the university or college）。

㈡指導教授的姓名及敬稱（Advisor , or the Director of the Research）。

㈢博士論文或碩士論文的字樣（The Exact Title of the Paper）。

(四)論文名稱（Title of the paper , thesis , or dissertation）。

(五)研究生姓名（The name of the writer）。

(六)論文寫成日期（The Date）。

博士論文或碩士論文校對時應注意事項

	注意內容	1	2	3	4	5	附錄
1	確定版面設定正確						
2	章標題 16 粗明體						
3	節標題 16 標楷體						
4	點標題 15 魏碑體						
5	正文字級數爲 14，新細明體對齊						
6	引文字級數爲 14，標楷體						
7	段落改爲固定行高 24						
8	文件格線取消勾選						
9	引文上下行改爲單行間距						
10	註釋凸排 1-9=0.8（以實際爲準）						
11	註釋凸排 10-99=1.2（以實際爲準）						
12	註釋凸排 100-=1.5（以實際爲準）						
13	註釋全部左右對齊						
14	設定並更改頁眉頁數						
15	注意頁眉位置不能出現其他虛框						
16	版面設置設爲奇偶頁不同						
17	統一名詞或簡稱						
18	重新編定頁碼						
19	注意頁碼位置						
20	更正圖表中的標題字數爲 14 級						
21	注意圖表的左右範圍						
22	建立圖表目錄（再校對一次）						
23	引文後每段開始應空兩格或不空						
24	每節之間空三格						
25	注意註釋末尾的平行線左右對齊						
26	正文段落爲固定行高 24						
27	注意每則註釋末尾的行高						
28	去掉先生（注意「師」字）						
29	將半形()改成全形（ ）						
30	注意引用書目加入參考書目						
31	校訂章節標題						
32	目錄的點線						
33	修改內文						
34	引文須校對原文						
35	參考書目要分類（用 EXCEL）						

（以上表格僅供參考，內容可以自由設定。）

☞排版印刷時的注意事項：第一，排版格式必須一致與美觀；第二，最好使用雷射印表機列印；第三，至專業影印店影印雙面；第四，裝訂宜用精美的膠裝，過厚時宜用線裝。

論文審查標準參考		
關於文字者 15 %	文字是否通順？	5 %
	是否詞可達意？	5 %
	敘述是否扼要？	5 %
關於組織者 25 %	組織有無系統？	5 %
	結構（格式）是否完整？	5 %
	論證是否嚴謹？	5 %
	各章節份量是否恰當？	5 %
	論文各章節內容能否把握重心？	5 %
關於參考材料者 20 %	參考材料是否註明出處？	5 %
	材料是否可靠？（第一手資料或善本）	5 %
	是否儘量參考原始材料？	5 %
	材料是否完整而全面？	5 %
關於觀點者 20 %	觀點是否正確合理而具有說服力？	10 %
	有學理之根據否？（學術思想與研究成果）	10 %
關於創見或發明者 20 %	對於前人學說有無改進之處？	5 %
	是否有獨立體系自成一家之言？	5 %
	是否具有創見或重大發明之處？	10 %

（以上表格僅供初學者參考，內容因審查的級別或任務而有所區別。）

另一份參考標準如下：

評審項目	佔分比率	評定分數
1.研究方法、論文推理論證是否嚴謹	20	
2.資料的取得、處理、引用與詮釋是否得當	20	
3.論文章節安排與論證層次是否均衡而有系統	20	
4.文字精確流暢、段落分明、圖表清晰與具備學術格式	10	
5.具有原創性、特殊創見或崇高的學術價值	30	
總分	100	

☞初學者以符合學術語言、文字運用為優先考慮，資深研究者則以原創性的創見為最重要的評量標準。

第五章 研究計畫的寫作

研究計畫的重要性及寫作要點

㈠研究計畫的設立主要目的是說明與研究某一主題的主旨、結構、範圍及方法。
㈡研究計畫必須說明研究的學術背景、根本問題與學術目標以及研究的預期成果。
㈢研究計畫必須提供某一主題研究的資料蒐集來源與方法，以及分析的流程與工具。
㈣研究計畫必須規劃預期的研究進度，以及可能遭遇的困難。
㈤研究計畫必須列出預擬的大綱與參考的基本書目。
㈥爲顯示研究計畫的可行性、加強說服力與呈現階段性成果，可以酌情附錄一篇相關的論文。
㈦研究計畫必備的要件如下：

1. 封面。
2. 空白頁。
3. 目錄大綱。
4. 研究的動機與目的。
5. 研究的範圍與資料。
6. 研究的進路與方法。
7. 試擬研究的大綱。
8. 預期的研究成果。
9. 參考文獻舉要。
10. 可以酌情附錄一篇相關的論文。

第六章　網際網路的資料搜尋檢索與相關應用軟體的介紹

第一節　網際網路的資料搜尋檢索

當今的數位時代，只要曾經走過，必定留下痕跡，過去許多的隱蔽的資訊，現今在網際網路中已經無所遁形，所以任何人查找資料都可以透過網路而輕易取得，在此介紹幾個網站，以及簡單的搜尋技巧：

【一般資料的查找】

一、http://www.google.com.tw/（查找一般資料）

可以利用【進階搜尋】與【頁庫存檔】找到資料

二、http://tw.yahoo.com/（奇摩）

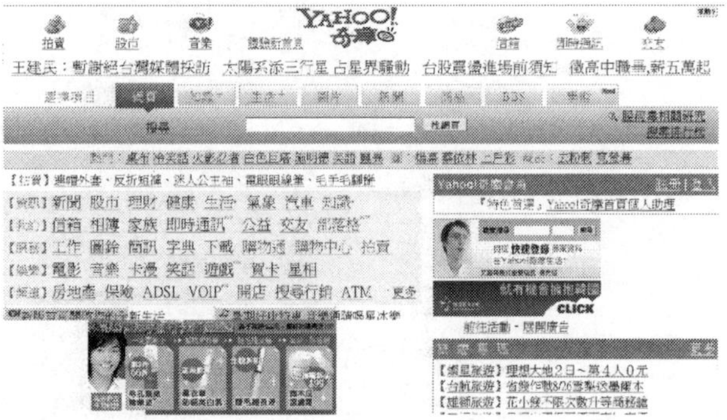

可以申請一個免費的電子郵件信箱

三、http://www.google.com/intl/zh-CN/

查找大陸地區的資料

四、http://cn.yahoo.com/

許多台灣地區網頁找不到的文史資料，可以透過網際網路的連結，到大陸的搜尋網站試試看。

【圖書資料的查找】

台灣與大陸的數位圖書（大陸地區稱爲數字圖書）各有特色，內容豐富而多元，若非長時間在網路上查找，有時候確實會遺漏許多珍貴而重要的資料。以下筆者將簡單的介紹容易被人忽略的網路圖書資源，以及妙用無窮的電子資料庫等，因爲網路資源過於龐雜，以下介紹僅限不容易發現的網站爲優先，爲方便羅列網址，下文改採橫式排列。

一、查找佛學資料

1.佛學數位圖書館暨博物館 http://buddhism.lib.ntu.edu.tw/BDLM/index.htm

可以查詢佛學圖書與論文目錄，並附有部分的電子全文檔案可供下載。

2.電子佛典協會 http://www.cbeta.org/index.htm

可以查詢大藏經與電子佛典，提供全文檢索與光碟映像檔下載。

3.台灣佛教史料庫 http://ccbs.ntu.edu.tw/taiwan/index.htm

提供台灣佛教的相關研究資料包括期刊論文（全文）、書籍和期刊論文目錄、訪談紀錄、文件、圖片等。

4.印順文教基金會 http://www.yinshun.org.tw/firstpage.htm

可以查詢印順法師的著作及其全文檢索。

5.佛光大辭典網路版 http://sql.fgs.org.tw/webfbd/

可以查詢佛教學的專有名詞、名相等。

6.香光資訊網 http://www.gaya.org.tw/

可以查詢香光寺建構的網路圖書資源。

7.佛教網絡站點大觀 http://www.psb.sz.js.cn/images/dir/7/7/3/connect.htm

可以查詢網路世界的佛教網站。

8.佛學研究相關網站 http://web.cc.ntnu.edu.tw/~t21015/B-websites93.htm

由台灣師範大學王開府教授建構的專業網站，內容區分為一、搜尋引擎，二、中文繁體網站，三、中文簡體網站，四、日文網站，五、英文網站。網站類別：入口、綜合、檢索、圖書館、中心、佛典、辭典、期刊、研究所、佛學院、大學、社團、基金會、論壇、宗派、個人、博物館、藝術、佛像、影片、漫畫、古跡、參考、書店。

二、查找電子資料庫網路資源

1.二十五史 [中研院漢籍電子文獻]系統

http://www.sinica.edu.tw/~tdbproj/handy1/

中研院漢藉電子文獻。

2.大陸期刊聯合目錄 [全國館際合作系統]

http://sticnet.stpi.org.tw/sticweb/html/illmenu.htm

3.中文期刊篇目索引影像系統 [遠距版]

http://readopac2.ncl.edu.tw/ncl3/index.jsp

4.中國大百科全書智慧藏 http://ci58.lib.ntu.edu.tw/cpedia/

《中國大百科》線上版。

5.中國古籍書目資料庫 http://nclcc.ncl.edu.tw/ttsweb/rbookhtml/nclrbook.htm

收錄臺灣、大陸、港、澳、美國等地區圖書館之善本古籍書目資料，目前收錄約 45 萬餘資料。提供繁、簡體版查詢介面。

6.中國期刊網 http://cnki.csis.com.tw/（這是查詢下載大陸論文最主要的網站）
收錄大陸之期刊論文資料庫：所有專輯。可用繁體字查詢，亦以繁體字顯示。第一次使用請安裝顯示軟體 CAJViwer 及簡體字型。

7.中華民國期刊論文索引系統 WWW 版 （這是查詢台灣論文最主要的網站）
http://ncl3web.ascc.net/cgi-bin/ncl3web/hypage51?HYPAGE=Home.txt
國內期刊文獻，可線上列印「無償授權且已掃描」之全文文獻第一次使用請安裝顯示軟體 VSetup (for Win XP)

8.全國博碩士論文資訊網 http://etds.ncl.edu.tw/theabs/index.jsp
臺灣博碩士論文。

9.西文期刊聯合目錄[全國館際合作系統] http://ndds.stpi.org.tw
全國館際合作系統。

10.國家文化資料庫 http://nrch.cca.gov.tw/ccahome/index.jsp
國家文化資料庫的藏品內容，涵蓋表演藝術、視覺藝術、環境藝術、民俗生活與文物、民間信仰、傳統工藝、傳統戲曲、傳統建築與聚落、村落歷史等，藏品形式包含文字、圖片、聲音、影像、地圖。

11.教育論文線上資料庫 EdD Online http://140.122.127.251/edd/edd.htm
收錄民國 46 年至今登載於中文期刊、學報、報紙、論文集等之教育性論文。

12.當代文學史料影像全文系統
http://lit.ncl.edu.tw/hypage.cgi?HYPAGE=home/index.htm
收集近五十餘年來台灣地區當代文學作家，約兩千位之基本資料及其生平傳記、手稿、照片、著作年表、作品目錄、評論文獻、翻譯文獻、名句及歷屆文學獎得獎記錄。

13.學術會議論文摘要 [全國科技資訊網路(STICNET)]
http://sticnet.stic.gov.tw/sticweb/html/index.htm
收錄於國內舉辦之學術會議所發表之論文。

14.超星數字圖書館 http://www.ssreader.com/
這是全球最大的中文數字（數位）圖書網，必須付費使用。此網站藏書量已達數百萬冊，並且涵蓋各門學科，凡研究者不得不知，亦不得不上。

15.萬方數據資源統一服務系統 www.wanfangdata.com.cn
此網站擁有六大數據庫，特別是【中國學位論文資料庫】、【中國會議論文資料庫】、【科技文獻資料庫】最為重要。

16.中國知網 http://www.cnki.net/index.htm
此網站包含了【中國期刊全文資料庫】、【中國優秀博碩士學位論文全文資料庫】、【中國重要會議論文全文資料庫】、【中國重要報紙全文資料庫】、【中國圖書全文資料庫】、【中國年鑒全文資料庫】與【中國引文資料庫】等資料庫。

第二節　相關應用軟體的介紹

許多軟體的使用對研究者而言是十分簡便的，但因爲軟體種類太多，各式功能五花八門，筆者僅介紹較爲重要或較爲特殊的軟體，其中絕大多數是擁有智慧財產權的，在獲得與運用時應尊重智慧著作權。此外，因限於篇幅，本文介紹點到爲止。

一、工具辭書軟體

1.漢語大辭典光碟版（繁體 2.0 版）／香港商務印書館出版。

此光碟由筆者2003年12月親至香港購得，目前最佳辭典光碟。

2.現代漢語辭典（繁體版）／香港商務印書館出版。

此光碟由筆者2003年12月親至香港購得，目前最佳現代辭典。

3.佛光大辭典（第三版）／台灣佛光山文教基金會出版。

此光碟查詢佛學名詞至為方便。

4.中國大百科全書光碟版／智慧藏學習科技股份有限公司製作。

此光碟可以查詢各類門科的專有名詞。

5.譯典通光碟版／英業達股份有限公司出版。

這是語文學習必備一份的光碟。

6.四庫全書電子版／製作單位：武漢大學出版社。

此套光碟由筆者 2006 年 6 月親至武漢大學購得，是目前最為簡易的四庫全書光碟的全文圖像版。尚有其他不同版本，可資參考。

7. CBETA 電子佛典集成／CBETA 中華電子佛典協會製作。

此光碟可以查詢佛教大藏經的經論。

二、一般應用軟體

1.酒精 Alcohol 120%

這是一套結合光碟虛擬和燒錄工具軟體，不但具有製作光碟虛擬映像檔和模擬 31 台光碟機的強大能力，而且簡單又實用，如果你同時有光碟機和燒錄機，更可以直接進行對燒或將映像檔燒錄至空白光碟片之中。

2. Cajviewer 閱讀軟體

此軟體含有簡體字包，可以開啟由中國期刊網下載的論文電子檔（副檔名為 caj），並能開啟 PDF 格式的電子檔，具有 OCR 文字識別能力，特別是針對橫式簡體字識別，功能強大。

3.蒙恬認識王 3.1b 專業版

此軟體特別是針對直式中文字識別，功能強大。

4. convertz 中文內碼轉換器

此軟體 ConvertZ 是一個中文內碼轉換器，讓您能輕鬆地對純文字檔案或剪貼簿內容在 big5/gbk/unicode/utf-8/jis/shift-jis/euc-jp 各種內碼之間自由轉換，解決不同地區因為應用不同編碼而產生的溝通問題。特別是針對資料夾內大量的簡體字檔案名稱的批量轉換，至為方便。

5. FlashGet 下載軟體

這是知名的下載軟體。

6. FolderView 文件管理軟體。

此軟體可以將資料夾與整批檔案名稱匯出成文字檔，甚為方便。

7. Microsoft AppLocale 公用程式

此軟體可以正常顯示簡體或日文軟體，但在繁體中文的作業系統中執行時，卻常常出現操作介面變成亂碼的情況，利用微軟所開發的 AppLocale 公用程式，就可以讓簡體或日文介面的軟體，在繁體中文環境中也可以正常顯示。

8. unlocker 解除佔用檔案又無法刪除的程式

此軟體可以解開檔案被鎖住。

9. BatchUnRar 瑞星

此軟體可以解壓縮下載大陸圖書壓縮檔，至為特殊與方便。

10. EUDC.TTE 中國海字集到 Unicode 補完計畫

透過安裝，即可在 WORD 中插入符號的方式選用以下符號，至爲方便：❶(1) 1.国⅝等。

11. 華康金蝶字型光碟

此軟體字型，種類齊全，方便論文製作的排版使用。

12. ScanSoft PDF Converter Professional／PDF 轉 Word 轉換效果最好的程式

此軟體在轉換 PDF 為 WROR 的轉換效果最好。

13. Techsmith Camtasia Studio 螢幕影像擷錄、轉檔、 編輯的影片工具

此軟體提供幾乎所有在製作影片所需要的功能，從錄製、擷取、加入文字符號、圖片效果等，到轉檔、壓縮等功能。

14. 論文製作技巧集電子書

此電子書提供實際操作的步驟與使用方法。

15. Adobe Acrobat 7.0 Professional／PDF 製作閱讀軟體

此軟體應是人人必備，功能至為強大，特別是方便印刷出版的工作，其中無損失原圖文重現，可以跨平台、電腦使用，看到的檔案完全一樣。筆者曾協助一位中央研究院的學者，將其大量造字的 WORD 檔案轉換成 PDF 格式，然後傳送至歐洲法國研究機構，只要該電腦裝有此軟體，即可百分之百的重現，毫無失真現象。

16. e-Pointer 螢幕畫筆

此軟體可取代雷射筆，方便論文發表時的簡報之用。

17. Easy CD-DA Extractor Pro／MP3 音樂格式錄製轉換工具軟體

此軟體可以轉換各種音樂格式，方便論文簡報時音樂處理，對於壓力大的研究生，亦可由聆聽各式音樂以減壓。

附錄：大陸簡體字與正體字對照表（部份字型因故不能顯現，保持空白，敬請見諒！）

大陸簡體字與正體字對照表

	簡	正		簡	正		簡	正		簡	正
2畫											
001	厂	廠	002	卜	蔔	003	儿	兒	004	*儿	幾
005	乃	迺/廼	006	了	瞭						
3畫											
001	干	幹	002	干	榦	003	亏	虧	004	才	才
005	万	萬	006	与	與	007	千	韆	008	亿	億
009	个	个	010	么	麼	011	广	廣	012	门	門
013	义	義	014	卫	衛	015	飞	飛	016	习	習
017	马	馬	018	乡	鄉						
4畫											
001	丰	豐	002	开	開	003	无	無	004	韦	韋
005	专	專	006	云	雲	007	艺	藝	008	厅	廳
009	历	歷	010	历	曆	011	区	區	012	车	車
013	冈	岡	014	贝	貝	015	见	見	016	气	氣
017	长	長	018	仆	僕	019	币	幣	020	从	從
021	仑	侖	022	仓	倉	023	风	風	024	仅	僅
025	凤	鳳	026	乌	烏	027	闩	閂	028	为	爲
029	斗	鬥	030	忆	憶	031	订	訂	032	计	計
033	讣	訃	034	认	認	035	讥	譏	036	丑	醜
037	队	隊	038	办	辦	039	邓	鄧	040	劝	勸
041	双	雙	042	书	書						
5畫											
001	击	擊	002	戋	戔	003	扑	撲	004	节	節
005	术	術	006	龙	龍	007	厉	厲	008	灭	滅
009	东	東	010	轧	軋	011	卢	盧	012	业	業
013	旧	舊	014	帅	帥	015	归	歸	016	叶	葉
017	号	號	018	电	電	019	只	隻	020	祇	祇
021	叽	嘰	022	叹	嘆	023	们	們	024	仪	儀
025	丛	叢	026	尔	爾	027	乐	樂	028	处	處
029	冬	鼕	030	鸟	鳥	031	务	務	032	刍	芻
033	饥	饑	034	邝	鄺	035	冯	馮	036	闪	閃
037	兰	蘭	038	汇	匯	039	汇	彙	040	讦	訐
041	讧	訌	042	讨	討	043	写	寫	044	让	讓
045	礼	禮	046	讪	訕	047	讫	訖	048	训	訓
049	议	議	050	讯	訊	051	记	記	052	辽	遼
053	边	邊	054	出	齣	055	发	發	056	发	髮
057	圣	聖	058	对	對	059	台	臺	060	台	檯
061	台	颱	062	纠	糾	063	驭	馭	064	丝	絲
6畫											
001	玑	璣	002	动	動	003	执	執	004	巩	鞏
005	圹	壙	006	扩	擴	007	扪	捫	008	当	當
009	当	噹	010	尘	塵	011	吁	籲	012	吓	嚇
013	虫	蟲	014	曲	麯	015	团	團	016	团	糰
017	吗	嗎	018	屿	嶼	019	岁	歲	020	回	迴
021	岂	豈	022	则	則	023	刚	剛	024	网	網
025	钆	釓	026	钇	釔	027	朱	硃	028	迁	遷
029	乔	喬	030	伟	偉	031	传	傳	032	伛	傴
033	扫	掃	034	扬	揚	035	场	場	036	亚	亞
037	芗	薌	038	朴	樸	039	机	機	040	权	權
041	过	過	042	协	協	043	压	壓	044	厌	厭

	簡	正		簡	正		簡	正		簡	正
045	库	庫	046	页	頁	047	夸	誇	048	夺	奪
049	达	達	050	夹	夾	051	轨	軌	052	尧	堯
053	划	劃	054	迈	邁	055	毕	畢	056	贞	貞
057	师	師	058	优	優	059	伤	傷	060	怅	悵
061	价	價	062	伦	倫	063	伧	傖	064	华	華
065	伙	夥	066	伪	僞	067	向	嚮	068	后	後
069	会	會	070	杀	殺	071	合	閤	072	众	眾
073	爷	爺	074	伞	傘	075	创	創	076	杂	雜
077	负	負	078	犷	獷	079	犸	獁	080	凫	鳧
081	邬	鄔	082	饦	飥	083	饧	餳	084	壮	壯
085	冲	衝	086	妆	妝	087	庄	莊	088	庆	慶
089	刘	劉	090	齐	齊	091	产	產	092	闭	閉
093	问	問	094	闯	闖	095	关	關	096	灯	燈
097	汤	湯	098	忏	懺	099	兴	興	100	讲	講
101	讳	諱	102	讴	謳	103	军	軍	104	讵	詎
105	讶	訝	106	讷	訥	107	许	許	108	欣	訢
109	论	論	110	讻	訩	111	讼	訟	112	讽	諷
113	农	農	114	设	設	115	访	訪	116	诀	訣
117	寻	尋	118	尽	盡	119	尽	儘	120	导	導
121	孙	孫	122	阵	陣	123	阳	陽	124	阶	階
125	阴	陰	126	妇	婦	127	妈	媽	128	戏	戲
129	观	觀	130	欢	歡	131	买	買	132	纡	紆
133	红	紅	134	纣	紂	135	驮	馱	136	纤	縴
137	纤	纖	138	纥	紇	139	驯	馴	140	纨	紈
141	约	約	142	级	級	143	纩	纊	144	纪	紀
145	驰	馳	146	纫	紉						
7畫											
001	寿	壽	002	麦	麥	003	玛	瑪	004	进	進
005	远	遠	006	违	違	007	轫	軔	008	刬	剗
009	运	運	010	抚	撫	011	坛	壇	012	坛	罎
013	抟	摶	014	坏	壞	015	抠	摳	016	坜	壢
017	扰	擾	018	坝	壩	019	贡	貢	020	㧏	掆
021	折	摺	022	抡	掄	023	抢	搶	024	坞	塢
025	坟	墳	026	护	護	027	壳	殼	028	块	塊
029	声	聲	030	报	報	031	拟	擬	032		
033	芜	蕪	034	苇	葦	035	芸	蕓	036	苈	藶
037	苋	莧	038	苁	蓯	039	苍	蒼	040	严	嚴
041	芦	蘆	042	劳	勞	043	克	剋	044	苏	蘇
045	苏	囌	046	极	極	047	杨	楊	048	两	兩
049	丽	麗	050	医	醫	051	励	勵	052	还	還
053	矶	磯	054	奁	奩	055	歼	殲	056	来	來
057	欤	歟	058	轩	軒	059	连	連	060	轫	軔
061	卤	鹵	062	卤	滷	063	邺	鄴	064	坚	堅
065	时	時	066	呒	嘸	067	县	縣	068	里	裏
069	呓	囈	070	呕	嘔	071	园	園	072	呖	嚦
073	旷	曠	074	围	圍	075	吨	噸	076	旸	暘
077	邮	郵	078	困	睏	079	员	員	080	呗	唄
081	听	聽	082	呛	嗆	083	鸣	鳴	084	别	彆
085	财	財	086	囵	圇	087	岘	峴	088	帏	幃
089	岖	嶇	090	岗	崗	091	钉	釘	092	帐	帳
093	岚	嵐	094	针	針	095	乱	亂	096	钊	釗
097	钋	釙	098	钌	釕	099	体	體	100		

	簡	正		簡	正		簡	正		簡	正
101	佣	傭	102			103	彻	徹	104	余	餘
105	佥	僉	106	谷	穀	107	邻	鄰	108	肠	腸
109	龟	龜	110	犹	猶	111	狈	狽	112	鸠	鳩
113	条	條	114	岛	島	115	邹	鄒	116	饨	飩
117	饩	餼	118	饪	飪	119	饫	飫	120	饬	飭
121	饭	飯	122	饮	飲	123	系	係	124	系	繫
125	冻	凍	126	状	狀	127	亩	畝	128	庑	廡
129	库	庫	130	疖	癤	131	疗	療	132	应	應
133	这	這	134	庐	廬	135	闰	閏	136	闱	闈
137	闲	閑	138	间	間	139	闵	閔	140	闷	悶
141	灿	燦	142	灶	竈	143	炀	煬	144	沣	灃
145	沤	漚	146	沥	瀝	147	沦	淪	148	沧	滄
149			150	沟	溝	151	沩	溈	152	沪	滬
153	渖	瀋	154	怃	憮	155	怀	懷	156	怄	慪
157	忧	憂	158	忾	愾	159	怅	悵	160	怆	愴
161	穷	窮	162	证	證	163	诂	詁	164	诃	訶
165	启	啓	166	评	評	167	补	補	168	诅	詛
169	识	識	170	诇	詗	171	诈	詐	172	诉	訴
173	诊	診	174	诋	詆	175	诌	謅	176	词	詞
177	诎	詘	178	诏	詔	179	译	譯	180	诒	詒
181	灵	靈	182	层	層	183	迟	遲	184	张	張
185	际	際	186	陆	陸	187	陇	隴	188	陈	陳
189	坠	墜	190	陉	陘	191	妪	嫗	192	妩	嫵
193	妫	嬀	194	刭	剄	195	劲	勁	196	鷄	鷄
197	纬	緯	198	纭	紜	199	驱	驅	200	纯	純
201	纰	紕	202	纱	紗	203	纲	綱	204	纳	納
205	纴	紝	206	驳	駁	207	纵	縱	208	纶	綸
209	纷	紛	210	纸	紙	211	纹	紋	212	纺	紡
213	驴	驢	214	纼	紖	215	纽	紐	216	纾	紓

8畫											
001	玮	瑋	002	环	環	003	责	責	004	现	現
005	表	錶	006	玱	瑲	007	规	規	008	匦	匭
009	拢	攏	010	拣	揀	011	炉	爐	012	担	擔
013	顶	頂	014	拥	擁	015	势	勢	016	拦	攔
017	拧	擰	018	拨	撥	019	择	擇	020	茏	蘢
021	苹	蘋	022	茑	蔦	023	范	範	024	茔	塋
025	茕	煢	026	茎	莖	027	枢	樞	028	枥	櫪
029	柜	櫃	030	㭎	棡	031			032	枨	棖
033	板	闆	034	枞	樅	035	松	鬆	036	枪	槍
037	枫	楓	038	构	構	039	丧	喪	040	画	畫
041	枣	棗	042	郁	鬱	043	矾	礬	044	矿	礦
045	砀	碭	046	码	碼	047	厕	廁	048	奋	奮
049	态	態	050	瓯	甌	051	欧	歐	052	殴	毆
053	垄	壟	054	郏	郟	055	轰	轟	056	顷	頃
057	转	轉	058	轭	軛	059	辗	輾	060	轮	輪
061	软	軟	062	鸢	鳶	063	齿	齒	064	虏	虜
065	肾	腎	066	贤	賢	067	昙	曇	068	国	國
069	畅	暢	070	咙	嚨	071	虮	蟣	072	黾	黽
073	鸣	鳴	074	咛	嚀	075			076	罗	羅
077	啰	囉	078	岽	崬	079			080	帜	幟
081	岭	嶺	082	刿	劌	083	剀	剴	084	凯	凱
085			086	败	敗	087	账	賬	088	贩	販
089	贬	貶	090	贮	貯	091	图	圖	092	购	購

	簡	正		簡	正		簡	正		簡	正
093	钍	釷	094	焊	釬	095	钏	釧	096	钐	釤
097	钓	釣	098	钒	釩	099	钔	鍆	100	钕	釹
101	钖	鍚	102	钗	釵	103	制	製	104	刮	颳
105	侠	俠	106	侥	僥	107	侦	偵	108	侧	側
109	凭	憑	110	侨	僑	111	侩	儈	112	货	貨
113	侪	儕	114	侬	儂	115	质	質	116	征	徵
117	径	徑	118	舍	捨	119	刽	劊	120	郐	鄶
121	怂	慫	122			123	觅	覓	124	贪	貪
125	贫	貧	126	戗	戧	127	肤	膚	128	膊	膊
129	肿	腫	130	胀	脹	131	骯	骯	132	胁	脅
133	迩	邇	134	鱼	魚	135	狞	獰	136	备	備
137	枭	梟	138	饯	餞	139	饰	飾	140	饱	飽
141	饲	飼	142			143	饴	飴	144	变	變
145	庞	龐	146	庙	廟	147	疟	瘧	148	疠	癘
149	疡	瘍	150	剂	劑	151	废	廢	152	闸	閘
153	闹	鬧	154	郑	鄭	155	卷	捲	156	单	單
157	炜	煒	158	炝	熗	159	炉	爐	160	浅	淺
161	泷	瀧	162	沪	滬	163	泺	濼	164	泞	濘
165	泻	瀉	166	泼	潑	167	泽	澤	168	泾	涇
169	怜	憐	170			171	怿	懌	172	峃	嶨
173	学	學	174	宝	寶	175	宠	寵	176	审	審
177	帘	簾	178	实	實	179	诓	誆	180	诔	誄
181	试	試	182	诖	詿	183	诗	詩	184	诘	詰
185	诙	詼	186	诚	誠	187	郓	鄆	188	衬	襯
189	祎	禕	190	视	視	191	诛	誅	192	话	話
193	诞	誕	194	诟	詬	195	诠	詮	196	诡	詭
197	询	詢	198	诣	詣	199	诤	諍	200	该	該
201	详	詳	202	诧	詫	203	诨	諢	204	诩	詡
205	肃	肅	206	隶	隸	207	录	錄	208	弥	彌
209	弥	瀰	210	陕	陝	211	驽	駑	212	驾	駕
213	参	參	214	艰	艱	215	线	綫	216	绀	紺
217	绁	紲	218			219	练	練	220	组	組
221	驵	駔	222	绅	紳	223	䌷	紬	224	细	細
225	驶	駛	226	驸	駙	227	驷	駟	228	驹	駒
229	终	終	230	织	織	231	驺	騶	232	绉	縐
233	驻	駐	234	绊	絆	235	驼	駝	236	绋	紼
237	绌	絀	238	绍	紹	239	驿	驛	240	绎	繹
241	经	經	242	骀	駘	243	绐	紿	244	贯	貫

9畫											
001	贰	貳	002	帮	幫	003	珑	瓏	004	预	預
005			006			007	挜	掗	008	挝	撾
009	项	項	010	挞	撻	011	挟	挾	012	挠	撓
013	赵	趙	014	贲	賁	015	挡	擋	016	垲	塏
017	挢	撟	018	垫	墊	019	挤	擠	020	挥	揮
021	挦	撏	022	荐	薦	023	荚	莢	024		
025	荛	蕘	026	荜	蓽	027	带	帶	028	茧	繭
029	荞	蕎	030	荟	薈	031	荠	薺	032	荡	蕩
033			034	荣	榮	035	荤	葷	036	荥	滎
037	荦	犖	038	荧	熒	039	荨	蕁	040	胡	鬍
041	荩	藎	042	荪	蓀	043	荫	蔭	044	荬	蕒
045	荭	葒	046			047	药	藥	048	标	標
049	栈	棧	050	栉	櫛	051	栊	櫳	052	栋	棟

	簡	正		簡	正		簡	正		簡	正
053	栌	櫨	054	栎	櫟	055	栏	欄	056	柠	檸
057			058	树	樹	059			060	郦	酈
061	咸	鹹	062	砖	磚	063	砗	硨	064	砚	硯
065			066	面	麵	067	牵	牽	068	鸥	鷗
069	龚	龔	070	残	殘	071	殇	殤	072		
073	轲	軻	074	轳	轤	075	轴	軸	076	轶	軼
077			078	轸	軫	079	轹	轢	080		
081	轻	輕	082	鸦	鴉	083			084	战	戰
085	觇	覘	086	点	點	087	临	臨	088	览	覽
089	坚	堅	090	尝	嘗	091			092	昽	曨
093	哑	啞	094	显	顯	095	哒	噠	096		
097	哔	嗶	098	贵	貴	099	虾	蝦	100	蚁	蟻
101	蚂	螞	102	虽	雖	103	骂	罵	104		
105	剐	剮	106			107	勋	勛	108	哗	嘩
109	响	響	110	哙	噲	111	哝	噥	112	呦	呦
113	峡	峽	114	硗	墝	115			116	罚	罰
117			118	贱	賤	119	贴	貼	120		
121	贻	貽	122	钘	鈃	123			124	钛	鈦
125			126	钝	鈍	127	钞	鈔	128	钟	鐘
129	钟	鍾	130	钡	鋇	131	钢	鋼	132	钠	鈉
133	钥	鑰	134	饮	飲	135	钧	鈞	136		
137	钨	鎢	138			139	钪	鈧	140	钫	鈁
141	钦	欽	142			143	钮	鈕	144	钯	鈀
145	毡	氈	146	氢	氫	147	选	選	148	适	適
149	种	種	150	秋	鞦	151	复	復	152	复	複
153	笃	篤	154	俦	儔	155	俨	儼	156	俩	倆
157	俪	儷	158	货	貨	159	顺	順	160	俭	儉
161	剑	劍	162	鸧	鶬	163	须	須	164	须	鬚
165	胧	朧	166			167	胪	臚	168	胆	膽
169	胜	勝	170	胫	脛	171	鸨	鴇	172	狭	狹
173	狮	獅	174	独	獨	175	狯	獪	176	狱	獄
177	狲	猻	178	贸	貿	179	饵	餌	180	饶	饒
181	蚀	蝕	182	饷	餉	183			184		
185	饺	餃	186			187	饼	餅	188	峦	巒
189	弯	彎	190	孪	孿	191	娈	孌	192	将	將
193	奖	獎	194			195	疮	瘡	196	疯	瘋
197	亲	親	198	飒	颯	199	闺	閨	200	闻	聞
201			202	闽	閩	203	闾	閭	204		
205	阀	閥	206	阁	閣	207			208	阂	閡
209	养	養	210	姜	薑	211	类	類	212	娄	婁
213	总	總	214	炼	煉	215	炽	熾	216	烁	爍
217	烂	爛	218	烃	烴	219	洼	窪	220	洁	潔
221	洒	灑	222			223	浃	浹	224	浇	澆
225			226	狮	獅	227	浊	濁	228	测	測
229	浍	澮	230	浏	瀏	231	济	濟	232	浐	滻
233	浑	渾	234	浒	滸	235	浓	濃	236	浔	潯
237	浕	濜	238	恸	慟	239	恹	懨	240	恺	愷
241	恻	惻	242	恼	惱	243			244	举	舉
245	觉	覺	246	宪	憲	247	窃	竊	248	诫	誡
249	诬	誣	250	语	語	251	袄	襖	252	诮	誚
253	祢	禰	254	误	誤	255	诰	誥	256	诱	誘
257	诲	誨	258	诳	誑	259	鸩	鴆	260	说	說
261	诵	誦	262			263	垦	墾	264	昼	晝

	簡	正		簡	正		簡	正		簡	正
265	费	費	266	逊	遜	267	陨	隕	268	险	險
269	贺	賀	270	怼	懟	271	垒	壘	272	娅	婭
273	娆	嬈	274	娇	嬌	275	绑	綁	276	绒	絨
277	结	結	278			279			280	绕	繞
281			282	骄	驕	283	骅	驊	284	绘	繪
285	骆	駱	286	骈	駢	287	绞	絞	288	骇	駭
289	统	統	290			291	给	給	292	绚	絢
293	绛	絳	294	络	絡	295	绝	絕			

10畫											
001	艳	豔	002	项	項	003	珲	琿	004	蚕	蠶
005	顽	頑	006	盏	盞	007	捞	撈	008	载	載
009	赶	趕	010	盐	鹽	011	埘	塒	012	损	損
013	埙	塤	014	埚	堝	015	捡	撿	016	贽	贄
017	挚	摯	018	热	熱	019	捣	搗	020	壶	壺
021	聂	聶	022	莱	萊	023	莲	蓮	024	莳	蒔
025	莴	萵	026	获	獲	027	获	穫	028	莸	蕕
029	恶	惡	030			031	蒭	蒭	032	莹	瑩
033	莺	鶯	034	鸪	鴣	035			036	桡	橈
037	桢	楨	038	档	檔	039	桤	榿	040	桥	橋
041	桦	樺	042	桧	檜	043	桩	樁	044	样	樣
045	贾	賈	046	逦	邐	047	砺	礪	048	砾	礫
049	础	礎	050	砻	礱	051	顾	顧	052	轼	軾
053	轾	輊	054	轿	轎	055	辂	輅	056	较	較
057	鸫	鶇	058	顿	頓	059	虿	蠆	060	毙	斃
061	致	致	062	龀	齔	063	鸬	鸕	064	虑	慮
065	监	監	066	紧	緊	067	党	黨	068	唛	嘜
069	晒	曬	070	晓	曉	071	唝	嗊	072	唠	嘮
073	鸭	鴨	074	唡	啢	075	哗	嘩	076	晕	暈
077	鸮	鴞	078	唢	嗩	079	㖞	喎	080	蚬	蜆
081	鸯	鴦	082	崂	嶗	083	崃	崍	084	罢	罷
085	圆	圓	086	觊	覬	087	贼	賊	088	贿	賄
089	赂	賂	090	赃	贓	091	赅	賅	092	赆	贐
093	钰	鈺	094	钱	錢	095	钲	鉦	096	钳	鉗
097	钴	鈷	098			099	钶	鈳	100	钹	鈸
101	钺	鉞	102	钻	鑽	103	钼	鉬	104	钜	鉅
105	钾	鉀	106	铀	鈾	107	钿	鈿	108	铁	鐵
109	铂	鉑	110	铃	鈴	111	铄	鑠	112	铅	鉛
113	铆	鉚	114	铈	鈰	115	铉	鉉	116	铋	鉍
117	铌	鈮	118	铍	鈹	119	䥽	鏺	120	铎	鐸
121	氩	氬	122	牺	犧	123	敌	敵	124	积	積
125	称	稱	126	笕	筧	127	笔	筆	128	债	債
129	藉	藉	130	倾	傾	131	赁	賃	132	颀	頎
133	徕	徠	134	舰	艦	135	舱	艙	136	耸	聳
137	爱	愛	138	鸰	鴒	139	颁	頒	140	颂	頌
141	脍	膾	142	脏	臟	143	脏	髒	144	脐	臍
145	脑	腦	146	胶	膠	147	脓	膿	148	鸱	鴟
149	玺	璽	150	鱽	魛	151	鸲	鴝	152	猃	獫
153	鸵	鴕	154	袅	嫋	155	鸳	鴛	156	皱	皺
157	饽	餑	158	饿	餓	159	馁	餒	160	栾	欒
161	挛	攣	162	恋	戀	163	桨	槳	164	浆	漿
165	症	症	166	痈	癰	167	斋	齋	168	痉	痙
169	准	准	170	离	離	171	颃	頏	172	资	資

173	竞	競	174	阃	閫	175			176	阅	閱
177	阆	閬	178	郸	鄲	179	烦	煩	180	烧	燒
181	烛	燭	182	烨	燁	183	烩	燴	184	烬	燼
185	递	遞	186	涛	濤	187	涞	淶	188	涟	漣
189	涠	潿	190	涢	溳	191	涡	渦	192	涂	塗
193	涤	滌	194	润	潤	195	涧	澗	196	涨	漲
197	烫	燙	198	涩	澀	199	悭	慳	200	悯	憫
201	宽	寬	202	家	家	203	宾	賓	204	窍	竅
205	窎	窵	206	请	請	207	诸	諸	208	诹	諏
209	诺	諾	210	诼	諑	211	读	讀	212	诽	誹
213	袜	襪	214	祯	禎	215	课	課	216	诿	諉
217	谀	諛	218	谁	誰	219	谂	諗	220	调	調
221	谄	諂	222	谅	諒	223	谆	諄	224	谇	誶
225	谈	談	226	谊	誼	227	审	審	228	恳	懇
229	剧	劇	230	娲	媧	231	娴	嫻	232	难	難
233	预	預	234	绠	綆	235	骊	驪	236	绡	綃
237	骋	騁	238	绢	絹	239	绣	繡	240	验	驗
241	绥	綏	242			243	继	繼	244	绨	綈
245	骎	駸	246	骏	駿	247	鸶	鷥	248		

11 畫

001	焘	燾	002	琎	璡	003	琏	璉	004	琐	瑣
005	麸	麩	006	掳	擄	007	掴	摑	008	鸷	鷙
009	掷	擲	010	掸	撣	011	壶	壺	012	悫	慤
013	据	據	014	掺	摻	015	掼	摜	016	职	職
017	聍	聹	018	萚	蘀	019	勚	勩	020	萝	蘿
021	萤	螢	022	营	營	023	萧	蕭	024	萨	薩
025	梦	夢	026	觋	覡	027	检	檢	028	棂	欞
029	啬	嗇	030	匮	匱	031	酝	醞	032		
033	硕	碩	034	硖	硤	035	硗	磽	036	硙	磑
037	硚	礄	038	鸸	鴯	039	聋	聾	040	龚	龔
041	袭	襲	042	䴕	鴷	043	殒	殞	044	殓	殮
045	赉	賚	046	辄	輒	047	辅	輔	048	辆	輛
049	堑	塹	050	颅	顱	051	啧	嘖	052	悬	懸
053	啭	囀	054	跃	躍	055	啮	齧	056	跄	蹌
057	蛎	蠣	058	蛊	蠱	059	蛏	蟶	060	累	纍
061	啸	嘯	062	帻	幘	063	崭	嶄	064	逻	邏
065	帼	幗	066	赈	賑	067	婴	嬰	068	赊	賒
069	铏	鉶	070	铐	銬	071	铑	銠	072	铒	鉺
073	铓	鋩	074	铕	銪	075	铗	鋏	076	铙	鐃
077	铛	鐺	078	铝	鋁	079	铜	銅	080	铟	銦
081	铠	鎧	082	铡	鍘	083	铢	銖	084	铣	銑
085	铥	銩	086	铤	鋌	087	铧	鏵	088	铨	銓
089	铩	鎩	090	铪	鉿	091	铫	銚	092	铭	銘
093	铬	鉻	094	铮	錚	095	铯	銫	096	铰	鉸
097	铱	銥	098	铲	鏟	099	铳	銃	100	铵	銨
101	银	銀	102	铷	銣	103	矫	矯	104	鸹	鴰
105	秽	穢	106	笺	箋	107	笼	籠	108	笾	籩
109	偾	僨	110	鸺	鵂	111	偿	償	112	偻	僂
113	躯	軀	114	皑	皚	115	衅	釁	116		
117	衔	銜	118	舻	艫	119	盘	盤	120	鸼	鵃
121	龛	龕	122	鸽	鴿	123	敛	斂	124	领	領
125	脶	腡	126	脸	臉	127	猎	獵	128	猡	玀
129	猕	獼	130	馃	餜	131	馄	餛	132	馅	餡
133	馆	館	134	鸾	鸞	135	庼	廎	136	痒	癢

137	鵁	鵁	138	旋	旋	139	阈	閾	140	阉	閹
141	阊	閶	142			143	阌	閿	144	阍	閽
145	阎	閻	146	阏	閼	147	阐	闡	148	羟	羥
149	盖	蓋	150	粝	糲	151	断	斷	152	兽	獸
153	焖	燜	154	渍	漬	155	椭	橢	156	鹁	鵓
157	鹂	鸝	158	觋	覡	159	碱	堿	160	确	確
161	詟	讋	162	殚	殫	163	颊	頰	164	雳	靂
165	辊	輥	166	辋	輞	167	椠	槧	168	辍	輟
169	辎	輜	170	翘	翹	171	辈	輩	172	凿	鑿
173	辉	輝	174	赏	賞	175	睐	睞	176	睑	瞼
177	啧	嘖	178	畴	疇	179			180		

12 畫

001	靓	靚	002	琼	瓊	003	辇	輦	004	鼋	黿
005	趋	趨	006	揽	攬	007	颉	頡	008	揿	撳
009	搀	攙	010	蛰	蟄	011	絷	縶	012	搁	擱
013	搂	摟	014	搅	攪	015	联	聯	016	蒇	蕆
017	蒉	蕢	018	蒋	蔣	019	蒌	蔞	020	韩	韓
021	椟	櫝	022			023	绪	緒	024	绫	綾
025	骐	騏	026	续	續	027	绮	綺	028	骑	騎
029	绯	緋	030	绰	綽	031	骒	騍	032	绲	緄
033	绳	繩	034	骓	騅	035	维	維	036	绵	綿
037	绶	綬	038			039	绸	綢	040	绺	綹
041	绻	綣	042	综	綜	043	绽	綻	044	绾	綰
045	绿	綠	046	骖	驂	047	缀	綴	048	缁	緇
049	谒	謁	050	谓	謂	051	谔	諤	052	谕	諭
053	谖	諼	054	谗	讒	055	谘	諮	056	谙	諳
057	谚	諺	058	谛	諦	059	谜	謎	060	谝	諞
061	谞	諝	062	弹	彈	063	堕	墮	064	随	隨
065	粜	糶	066	隐	隱	067	婳	嫿	068	婵	嬋
069	婶	嬸	070	颇	頗	071	颈	頸	072	绩	績
073	鸿	鴻	074	渎	瀆	075	渐	漸	076	渑	澠
077	渊	淵	078	渔	漁	079	淀	澱	080	渗	滲
081	惬	愜	082	惭	慚	083	惧	懼	084	惊	驚
085	惮	憚	086	掺	摻	087	惯	慣	088	祷	禱
089	谌	諶	090	谋	謀	091	谍	諜	092	谎	謊
093	谏	諫	094	皲	皸	095	谐	諧	096	谑	謔
097	裆	襠	098	祸	禍	099	践	踐	100	遗	遺
101	蛱	蛺	102	蛲	蟯	103	蛳	螄	104	蛴	蠐
105	鹃	鵑	106	喽	嘍	107	嵘	嶸	108	嵚	嶔
109	嵝	嶁	110	赋	賦	111	赌	賭	112	赎	贖
113	赒	賙	114	赔	賠	115	赕	賧	116	铸	鑄
117	铹	鐒	118	铺	鋪	119	铼	錸	120	铽	鋱
121	链	鏈	122	铿	鏗	123	销	銷	124	锁	鎖
125			126	锄	鋤	127	锂	鋰	128	锅	鍋
129	锆	鋯	130	锇	鋨	131	锈	鏽	132	锉	銼
133	锋	鋒	134	锎	鐦	135	锏	鐧	136	锐	銳
137	锑	銻	138	锒	鋃	139	锓	鋟	140	锔	鋦
141	锕	錒	142	犊	犢	143	鹄	鵠	144	鹅	鵝
145	颋	頲	146	筑	築	147	筚	篳	148	筛	篩
149	牍	牘	150	傥	儻	151	傧	儐	152	储	儲
153	傩	儺	154	惩	懲	155	御	禦	156	颌	頜
157	释	釋	158	鹆	鵒	159	腊	臘	160	腘	膕
161	鱿	魷	162	鲁	魯	163	鲂	魴	164	颍	潁

165	飓	颶	166	觞	觴	167	惫	憊	168		
169	馈	饋	170	馊	餿	171	馋	饞	172	亵	褻
173	装	裝	174	蛮	蠻	175	脔	臠	176	痨	癆
177	痫	癇	178			179	颏	頦	180	鹇	鷴
181	阑	闌	182	阒	闃	183	阔	闊	184	粪	糞
185	鹈	鵜	186	窜	竄	187	窝	窩	188	喾	嚳
189	愤	憤	190	愦	憒	191	滞	滯	192	湿	濕
193	溃	潰	194	溅	濺	195	溇	漊	196	湾	灣
197	谟	謨	198	裢	褳	199	裣	襝	200	裤	褲
201			202	禅	禪	203	谠	讜	204	谡	謖
205	谢	謝	206	谣	謠	207	谤	謗	208	谥	謚
209	谦	謙	210	谧	謐	211	属	屬	212	屡	屢
213			214	巯	巰	215	毵	毿	216	翚	翬
217	骛	騖	218	缂	緙	219	缃	緗	220	缄	緘
221	缅	緬	222	缆	纜	223	缇	緹	224	缈	緲
225	缉	緝	226	缊	縕	227	缌	緦	228	缎	緞
229	缑	緱	230	缓	緩	231	缒	縋	232	缔	締
233	缕	縷	234	骗	騙	235	编	編	236	缗	緡
237	骚	騷	238	缘	緣	239	飨	饗	240		

13畫

001			002	鹉	鵡	003	䴖	鶄	004	韫	韞
005	骜	驁	006	摄	攝	007	摅	攄	008	摆	擺
009	䙓	襬	010	赪	赬	011	摈	擯	012	毂	轂
013	摊	攤	014	鹊	鵲	015	蓝	藍	016	蓦	驀
017	鹋	鶓	018	蓟	薊	019	蒙	矇	020	蒙	濛
021	蒙	懞	022	颐	頤	023	献	獻	024	蓣	蕷
025	榄	欖	026	榇	櫬	027	榈	櫚	028	楼	樓
029	榉	櫸	030	赖	賴	031	碛	磧	032	碍	礙
033	碜	磣	034	鹌	鵪	035	尴	尷	036		
037	雾	霧	038	辏	輳	039	辐	輻	040	辑	輯
041	输	輸	042	频	頻	043	龃	齟	044	龄	齡
045	龅	齙	046	龆	齠	047	鉴	鑒	048	韪	韙
049	嗫	囁	050	跷	蹺	051	跸	蹕	052	跹	躚
053	蜗	蝸	054	嗳	噯	055	赗	賵	056	锗	鍺
057	错	錯	058			059	锚	錨	060	锛	錛
061	锝	鍀	062	锞	錁	063	锟	錕	064	锡	錫
065	锢	錮	066	锣	鑼	067	锤	錘	068	锥	錐
069	锦	錦	070	锧	鑕	071			072	锫	錇
073	锭	錠	074	键	鍵	075	锯	鋸	076	锰	錳
077	锱	錙	078	辞	辭	079	颓	頹	080	䅟	穇
081	筹	籌	082	签	簽	083	签	籤	084	简	簡
085	觎	覦	086	颔	頷	087	腻	膩	088	鹏	鵬
089	腾	騰	090	鲅	鮁	091	鲆	鮃	092	鲇	鮎
093	鲈	鱸	094	鲊	鮓	095	稣	穌	096	鲋	鮒
097	鲫	鯽	098	鲍	鮑	099	飔	颸	100	鲐	鮐
101	颖	穎	102	雏	雛	103	馎	餺	104	飕	颼
105	触	觸	106	馐	饈	107	酱	醬	108	馍	饃
109	馏	餾	110	瘆	瘮	111	鹒	鶊	112	鹑	鶉
113	瘅	癉	114	阙	闕	115	誊	謄	116	阖	闔
117	阗	闐	118	滟	灩	119	滠	灄	120	粮	糧
121	数	數	122	滥	濫	123	滗	潷	124	满	滿
125	滤	濾	126	滨	濱	127	滩	灘	128	泺	濼
129	漓	灕	130	誉	譽	131	鲎	鱟	132	滪	澦
133	慑	懾	134	窥	窺	135	窦	竇	136	骞	騫

137	寑	寢	138	谪	謫	139	谫	謭	140	谨	謹
141	谩	謾	142	嫒	嬡	143	嫔	嬪	144	谬	謬
145	辟	闢	146	缚	縛	147	缛	縟	148	缙	縉
149	缜	縝	150	骝	騮	151	缞	縗	152	辔	轡
153	缝	縫	154	缡	縭	155	缢	縊	156	缟	縞
157	缠	纏	158	骟	騸	159	缣	縑	160	缤	繽
161			162			163			164		
14畫											
001	瑷	璦	002	赘	贅	003	觏	覯	004	韬	韜
005	叆	靉	006	墙	墻	007	撄	攖	008	蔷	薔
009	蔑	衊	010	蔹	蘞	011	蔺	藺	012	蔼	藹
013	[illegible]	[illegible]	014	椟	櫝	015	槛	檻	016	槟	檳
017	槠	櫧	018	酽	釅	019	酾	釃	020	酿	釀
021	霁	霽	022	愿	願	023	殡	殯	024	辕	轅
025	辖	轄	026	辗	輾	027	龇	齜	028	龈	齦
029	鵙	鵙	030	颗	顆	031	䁖	瞜	032	暧	曖
033	鹖	鶡	034	踌	躊	035	踊	踴	036	蜡	蠟
037	蝈	蟈	038	蝇	蠅	039	蝉	蟬	040	鹗	鶚
041	嘤	嚶	042	罴	羆	043	赙	賻	044	罂	罌
045	赚	賺	046	鹘	鶻	047	锲	鍥	048	锴	鍇
049	锶	鍶	050	锷	鍔	051	锹	鍬	052	锸	鍤
053	锻	鍛	054	锼	鎪	055	锾	鍰	056	锵	鏘
057	锿	鎄	058	镀	鍍	059	镁	鎂	060	镂	鏤
061	镃	鎡	062	镄	鐨	063	镅	鎇	064	鹙	鶖
065	稳	穩	066	箦	簀	067	箧	篋	068	箨	籜
069	箩	籮	070	箪	簞	071	箓	籙	072	箫	簫
073	舆	輿	074	膑	臏	075	鲑	鮭	076	鲒	鮚
077	鲔	鮪	078	鲖	鮦	079	鲗	鰂	080	鲙	鱠
081	鲚	鱭	082	鲛	鮫	083	鲜	鮮	084	鲟	鱘
085	飗	飀	086	馑	饉	087	馒	饅	088	銮	鑾
089	瘗	瘞	090	瘘	瘻	091	阚	闞	092	糁	糝
093	鹚	鶿	094	潇	瀟	095	潋	瀲	096	潍	濰
097	赛	賽	098	窭	窶	099	谭	譚	100	谮	譖
101	樻	樻	102	褛	褸	103	谯	譙	104	谰	讕
105	谱	譜	106	谲	譎	107	鹛	鶥	108	嫱	嬙
109	鹜	鶩	110	缥	縹	111	骠	驃	112	缦	縵
113	骡	騾	114	缨	纓	115	骢	驄	116	缩	縮
117	缪	繆	118	缫	繅						
15畫											
001	耧	耬	002	璎	瓔	003	叇	靆	004	撵	攆
005	撷	擷	006	撺	攛	007	聩	聵	008	聪	聰
009	觐	覲	010	鞑	韃	011	鞒	鞽	012	赜	賾
013	蕴	蘊	014	樯	檣	015	樱	櫻	016	飘	飄
017			018	魇	魘	019	餍	饜	020	霉	黴
021	辘	轆	022	龉	齬	023	龊	齪	024	觑	覷
025	瞒	瞞	026	题	題	027	颙	顒	028	踬	躓
029	踯	躑	030	蝾	蠑	031	蝼	螻	032	噜	嚕
033	嘱	囑	034	颛	顓	035	镊	鑷	036	镇	鎮
037	镉	鎘	038	镋	钂	039	锈	銹	040	镍	鎳
041	镎	鎿	042	镏	鎦	043	镐	鎬	044	镑	鎊
045	镒	鎰	046	镓	鎵	047	镔	鑌	048		
049	篑	簣	050	篓	簍	051			052	鹡	鶺
053	鹞	鷂	054	鲠	鯁	055	鲡	鱺	056	鲢	鰱

057	鲥	鰣	058	鲤	鯉	059	鲦	鰷	060	鲧	鯀
061	鲩	鯇	062	鲫	鯽	063	馓	饊	064	馔	饌
065	瘪	癟	066	瘫	癱	067	齑	齏	068	颜	顏
069	鹣	鶼	070	鲨	鯊	071	澜	瀾	072	额	額
073	谳	讞	074	褴	襤	075	谴	譴	076	鹤	鶴
077	谵	譫	078	屦	屨	079	缬	纈	080	缭	繚

16 畫

001	薮	藪	002	擞	擻	003	颞	顳	004	颟	顢
005	鹥	鷖	006	颠	顛	007	橹	櫓	008	橼	櫞
009	錾	鏨	010	赝	贋	011	飙	飆	012	豮	豶
013	螨	蟎	014	辙	轍	015	辚	轔	016	鹾	鹺
017	镖	鏢	018	鹦	鸚	019	赠	贈	020	镞	鏃
021	镛	鏞	022	镗	鏜	023	镘	鏝	024	篮	籃
025	氇	氌	026	镜	鏡	027	镝	鏑	028	鲮	鯪
029	篱	籬	030	赞	贊	031	穑	穡	032	鲳	鯧
033	鲰	鯫	034	魉	魎	035	鲭	鯖	036	鲸	鯨
037	鲵	鯢	038	鲱	鯡	039	鲲	鯤	040	瘿	癭
041	鲻	鯔	042	鲶	鯰	043	鲷	鯛	044	濑	瀨
045	瘾	癮	046	獭	獺	047	鹧	鷓	048	鹨	鷚
049	濒	瀕	050	斓	斕	051	辩	辯	052	缲	繰
053	颡	顙	054	懒	懶	055	黉	黌	056	缱	繾
057	缳	繯	058	缰	繮	059	缴	繳	060		

17 畫

001	藓	蘚	002	鹩	鷯	003	龋	齲	004	龌	齷
005	瞩	矚	006	蹒	蹣	007	蹑	躡	008	蟏	蠨
009	镣	鐐	010	羁	羈	011	赡	贍	012	镢	鐝
013	镧	鑭	014	镤	鏷	015	镥	鑥	016	镦	鐓
017	镪	鏹	018	镫	鐙	019	镨	鐠	020	鹪	鷦
021	䲠	鰆	022	鲽	鰈	023	簖	籪	024	鳃	鰓
025	鳇	鰉	026	鳄	鱷	027	鲿	鱨	028	鳆	鰒
029	辫	辮	030	鳅	鰌	031	鳅	鰍	032	鹫	鷲
033	[illegible]	[illegible]	034	赢	贏	035	鳊	鯿	036	鹬	鷸

18 畫

001	鳌	鰲	002	[illegible]	[illegible]	003	黡	黶	004	燕	讌
005	颢	顥	006	鹭	鷺	007	嚣	囂	008	髅	髏
009	镬	鑊	010	镭	鐳	011	镮	鐶	012	镯	鐲
013	镰	鐮	014	镱	鐿	015	雠	讎	016	腾	騰
017	鳍	鰭	018	鳎	鰨	019	鳏	鰥	020	䴙	鷿
021	鳒	鰜	022	鹯	鸇	023	鹰	鷹	024	癞	癩

19 畫-25 畫

001	攒	攢	002	霭	靄	003	鳖	鼈	004	蹿	躥
005	巅	巔	006	髋	髖	007	髌	髕	008	缵	纘
009	籁	籟	010	鳖	鱉	011	鳓	鰳	012	鳔	鰾
013	鳕	鱈	014	鳗	鰻	015	鳙	鱅	016	鳛	鰼
017	颤	顫	018	癣	癬	019	谶	讖	020	骥	驥

001	瓒	瓚	002	鬓	鬢	003	颥	顬	004	鼍	鼉
005	黩	黷	006	镳	鑣	007	镴	鑞	008	臜	臢
009	鳜	鱖	010	鳝	鱔	011	鳞	鱗	012	鳟	鱒

001	蘷	虁	002	躏	躪	003	鳢	鱧	004	鳣	鱣
005	癫	癲	006	赣	贛	007	灏	灝	001	鹳	鸛

001	趱	趲	002	颧	顴	003	躜	躦			

001	镢	钁	002	馕	饢	003	戆	戇			

通識課程叢刊 X085

現代應用文與論文寫作綱要

撰　　者　黃連忠

發 行 人　陳滿銘
總 經 理　梁錦興
總 編 輯　陳滿銘
副總編輯　張晏瑞
編 輯 所　萬卷樓圖書股份有限公司
印　　刷　百通科技股份有限公司

發　　行　萬卷樓圖書股份有限公司
　　　　　地址　臺北市羅斯福路二段 41 號 6 樓之 3
　　　　　電話　(02)23216565
　　　　　傳真　(02)23218698
　　　　　電郵　SERVICE@WANJUAN.COM.TW
大陸經銷　廈門外圖臺灣書店有限公司
　　　　　電郵　JKB188@188.COM
香港經銷　香港聯合書刊物流有限公司
　　　　　電話　(852)21502100
　　　　　傳真　(852)23560735

ISBN 978-957-739-572-6
2016 年 9 月初版六刷
2006 年 9 月初版
定價：新臺幣 180 元

如何購買本書：

1. 劃撥購書，請透過以下郵政劃撥帳號：
   帳號：15624015
   戶名：萬卷樓圖書股份有限公司
2. 轉帳購書，請透過以下帳戶
   合作金庫銀行　古亭分行
   戶名：萬卷樓圖書股份有限公司
   帳號：0877717092596
3. 網路購書，請透過萬卷樓網站
   網址　WWW.WANJUAN.COM.TW

大量購書，請直接聯繫我們，將有專人為您服務。客服：(02)23216565 分機 10

如有缺頁、破損或裝訂錯誤，請寄回更換

國家圖書館出版品預行編目資料

現代應用文與論文寫作綱要 / 黃連忠撰.
-- 初版. -- 臺北市 : 萬卷樓, 2006［民 95］
面；　公分
ISBN 978-957-739-572-6(平裝)
1.中國語言－應用文 2.論文寫作法
802.79　　95016412